著　アラサム
illust　刀　彼方
「今回も契約精霊を呼び出してはくれないの　すね」
俺がミーシャの方へと視線を向ければ
彼女のサファイアのように美しい瞳が俺を射抜いていた。
1
真の実力を隠していると思われてる精霊師
Spirit master who is thought to be hiding his true ability is actually always fighting very seriously
実はいつもめっちゃ本気で戦ってます

ローク・アレアス
ユートレア学院2年生。学年次席の実力を持ちながら、学院で唯一契約精霊がいない。周囲からはまだ余裕を残していると思われてるが、実はいつもめっちゃ本気で戦っている。

リリー・オラリア
ユートレア学院2年生。入学当初に学院で浮いてしまっていたところ、同じく浮いていたロークと仲良くなり懐いている。戦闘時には雷と水の二体の契約精霊を操る。

ミーシャ・ロムス
ユートレア学院2年生で学年首席の生徒会長。ロムス王家の王女ながら実力主義を掲げ、契約精霊を一度も呼ばずに次席の実力を持つロークに興味津々。契約精霊は光の天使ミカエル。

レイア・ヴァルハート
名門ヴァルハート家の令嬢であり、ユートレア学院に圧倒的な実力で首席入学した新入生。火の高位精霊であるサラマンダーと契約しており《炎竜の巫女》とも呼ばれている。
月影燈《つきかげあかり》
ユートレア学院1年生。強者を好む戦闘ジャンキーで、ロークに強い興味を抱く。契約精霊は火属性である九尾の狐。
ガレス・オーロット
ユートレア学院2年生。学院で唯一、ロークに契約精霊がいないことを知っている。契約精霊は氷の銀狼ベアウルフ。

「颶風剣《ぐふうけん》・閃舞《せんぶ》」

一瞬だった。
辺りに大きな風切り音を響かせた時には
俺の身体は既に邪霊の体を通り過ぎ、
剣を振り抜き終えた状態で宙を跳んでいた。

「ローク先輩、これとっても美味しいですッ！」

気付けば隣のレイアは
クレープをパクリと口に含み、
幸せそうな表情で頬張りながら
感想を口にする。

Spirit master who is thought to be hiding his true ability
is actually always fighting very seriously

CONTENTS

真の実力を隠していると思われてる精霊師、実はいつもめっちゃ本気で戦ってます 1

アラサム

OVERLAP

プロローグ

Spirit master who is thought to be hiding his true ability is actually always fighting very seriously

精霊師。この世界において精霊と呼ばれるその身体《からだ》を霊力で構成された未知の存在たちと契約を結ぶことで彼らの力を借り、操る者たちはそう呼ばれる。

精霊師にとって精霊と契約を結ぶことは基本であり、最も大切なことだ。精霊と心を通わせることで彼らと魂の繋《つな》がりを持ち、その力を自在に引き出す為《ため》の技術が精霊契約であり、これを結ぶことが精霊師になる為の条件であるとも言われている。


では精霊と契約できない者は精霊師になれないのか?

結論から言えば不可能では無いが、基本的にはあり得ないという回答が一番相応《ふさわ》しいだろう。そもそも契約した精霊を持つ者と持たざる者ではその扱える力に大きな差が存在する。確かに国家精霊師となれば給与も高く将来も安泰だろうが、精霊と契約ができないのにわざわざ精霊師を目指す必要性は全く無い。ましてや精霊師の活動はその大半が荒事になる。わざわざ精霊師にならなくても将来の選択肢など山ほど存在する。

それでも尚《なお》、精霊師になりたいと言うのならばその人物は恐らく……余程の変人だろう。

第一章　真の実力を隠していない男

Spirit master who is thought to be hiding his true ability is actually always fighting very seriously

　既に開始の合図がなってから一時間は経過しただろうか。

　ぐるりと巨大な壁兼観覧席で囲われた闘技場の中では、障壁によって区切られた区画ごとに若き精霊師が激戦を演じていた。

　その中でも一際目立つのは、太陽に照らされて輝く三つ編みにした銀色の髪に、どこか修道服を彷彿《ほうふつ》とさせる白い制服を身に纏《まと》う少女と、彼女を背に乗せて空を我が物顔で舞っている一匹の竜だった。

　赤い鱗《うろこ》の表面を炎で覆われ、その巨大な一対の翼をはためかせる度に小さな火の粉を躍らせるその姿はどこか太陽を連想させる。

　精霊の中でも上位種である竜種、その中でも更に最上位の精霊であろう赤竜の姿に観客たちは声すら出せず、ただただ畏敬の念を抱きながら見つめていた。そんな衆人の視線を浴びている中、赤竜の身体がより一層赤く燃え上がり、その巨体に膨大な霊力が満ち始めた。

　攻撃が来る。その確信を前に赤竜と相対する少年は、どこか勇者のようになった気分を抱きながら防御態勢を取る。

「やりなさいッ！　サラマンダーッ!!」

背に乗せた小さな主人の指示に従い、サラマンダーは瞳をギラつかせながら大きく息を吸い込んだ。

そして次の瞬間には口内に生え揃《そろ》った鋭い牙を見せ付けながら溜《た》め込んだ息――否、紅蓮《ぐれん》の炎《ほのお》を眼下の小さな獲物に向けて躊躇《ためら》いも無く放った。

ゴォオオと瞬時に燃え広がる霊力を帯びた業火は地面を溶かしながら標的である少年を津波の如《ごと》く呑《の》み込まんと迫っていく。

「おいおい、これって一年生が出せる威力なのか!?」

「これが今年の新入生首席、《炎竜の巫女《えんりゅうのみこ》》か！」

「ヴァルハート家の天才……か」

少女の指示に従うサラマンダーの動きを観察していた生徒たちから驚嘆と悲鳴、歓声の入り交じった声が次々に上がってくる。

教師陣の中にも、信じられないと言わんばかりに声を荒らげる者たちがいる。

が、それも当然の反応だ。少女の精霊、サラマンダーが放った炎の息吹の威力は明らかに学生レベルでは無い。恐らくプロの精霊師の霊術と何ら遜色無い。それこそ未熟な学生が相手となれば下手すれば死者が出てもおかしくは無い程だ。

新入生首席である《炎竜の巫女》ことレイア・ヴァルハートもそんなことは百も承知だ。

自分が全力で霊力を込めてブレスを放てば大抵の相手はなす術《すべ》なく黒焦げになってしまうだろう。

だが、今の彼女はそんな気遣いなど全くしていなかった。レイアはひたすらに自らの持つ霊力を総動員してサラマンダーへと流し込み、本気の業火を眼下の少年に向けて放っていた。だというのに――本来ならば真っ黒焦げになって焼死するであろう必殺の一撃を放ったというのに、レイアにはまるで手応えが感じられなかった。

そして彼女のその直感を証明するかのように、眼下に広がる炎が中から現れた膨大な水の渦によって消火され、辺り一帯が炎の消火によって発生した大量の水蒸気で覆われる。

本気の一撃が届かなかった。その事実に水蒸気の中で思わず顔を顰《しか》めるレイアは、次の瞬間にはより顔を歪《ゆが》ませることになった。

「やるな、焦ったぞ」

「ッ!!」

その言葉とは裏腹に欠片《かけら》も焦りを感じさせない余裕を持った声音と共に水蒸気が霊術による突風で払われ、レイアの眼前に少年がその姿を現した。

少年の纏う学院指定の白い制服は汚れ一つなく綺麗《きれい》な状態を保っており、それは先程の一撃がまるで効いてなかったことを如実に示していた。どうやら業火から完全に防ぎ切ったらしい。

レイアが霊力で視力を強化しながら少年を確認すれば、彼の周囲にはフワフワと青い輝きと緑色の輝きを放つ小さな球体——水と風の微精霊たちが数体ずつ浮遊していた。察するに先程の水の霊術は彼らの力を使って放ったのだろう。

他でもない自らの契約精霊であるサラマンダーが放った業火を……。

「ッ！」

ギリッと怒りと屈辱でレイアは思わず歯を食いしばる。

先程の一撃は殺すつもりこそ無かったが黒焦げにするつもりで放った全身全霊の一撃だった。それをあろうことか契約精霊ですらない、微精霊によって防がれた上に火傷一つ無いとは……。

一つ上の学年にとんでもない化物がいると噂《うわさ》には聞いていたが、それでもこれほどの実力差があるとは思っていなかった。

「はぁ、はぁ……」

激しい霊力の消費により呼吸が乱れる。立っていられなくなり、思わずサラマンダーの背に片膝をつきながら呼吸を整える。

身体が鉛のように重く今すぐに倒れたい衝動に駆られる。けれど倒れる訳にはいかない。名門ヴァルハート家の人間としてそんな無様を観衆の前で晒《さら》す訳にはいかない。

「苦しそうだな後輩。どうだ、ここらで手打ちにしないか？」

「冗談じゃありませんッ！　こんな形で終わってたまるものですかッ！」

侮辱とも言える提案にレイアが怒りを露《あら》わにしながら吠《ほ》えると少年は困ったように笑いながら「だよねぇ～」と呟《つぶや》く。

やがて仕方ないという様子で溜息《ためいき》を漏らすと手元から一つの巻物を取り出した。そのまま少年が素早く呪文を唱えて巻物を広げれば中から彼の眼前に鈍色《にびいろ》に輝く一本の剣が現れた。

少年は剣を手に取ると感覚を確かめるように何度か剣を振るった後にゆっくりと構えを取った。同時にフワフワと浮かぶ微精霊たちが少年の剣へと取り込まれ、青緑色の輝きを放ち始める。

「それじゃあ、次はこっちから行くぞ」

告げると同時に少年がレイアに向かって駆け出す。

少年が脚に力を込めて跳躍する。霊力によって強化された脚力によって高く舞い上がった少年は宙で風の霊術を使って滞空するとそのままサラマンダーを目掛けて矢の如く突進していく。

無論、少年の接近をただで許すサラマンダーでは無い。目の前に浮かぶ蝿《はえ》を撃ち落とさんと顎門《あぎと》を開き、炎弾を少年に向けて放つ。炎弾の火力自体は先程の一撃と比較するまでもない弱火だが、それでも無防備に受ければ火傷では済まない。

故に応じて少年は迫ってくる炎弾に向けて剣を振るう。

すると刀身から表面が水に覆われた三日月型の斬撃が炎弾に向けて飛翔《ひしょう》して衝突する。

相反する二つの属性攻撃は互いに消滅し、再び周辺一帯に水蒸気を発生させた。

「くッ！」

水蒸気によって相手を見失ったレイアは一度距離を取るべくサラマンダーに命じて後退しようとするが、それより先んじて水蒸気が振り払われ、猛スピードで宙を飛んできた少年がサラマンダーの背へと着地し、手にしていた剣の先をレイアの首へと突き付けた。

同時に試合の終わりを告げる鐘と歓声が響き渡る。

この戦闘において防御一辺倒だった少年、ローク・アレアスの初めての攻勢により既に満身創痍《まんしんそうい》だったレイアは人生で初めての敗北を喫することとなったのだった。

＊＊＊＊＊

「はぁ……」

無事に試合が終わった。

そのことに安堵《あんど》の息を漏らしながら闘技場を後にしようとすると背後から「待ちなさいッ！」と怒りに満ちた鋭い声が耳に入ってくる。

振り返れば怒りに染まった表情で俺を睨《にら》み付ける対戦相手の少女、レイア・ヴァルハートが立っていた。

「何か用かい？」

「先程の試合、一体どういうことですかッ!?」

「どういうこと……とは？」

まぁ、尋ねておいてアレだが恐らく彼女が聞きたいのは……。

「何故《なぜ》、契約精霊を呼び出さなかったのですか!?」

そのことだよね。

精霊師が戦う際には契約精霊を召喚することが基本となる。にもかかわらず俺と来たらそこら辺に漂ってる微精霊と簡易契約と呼ばれるその場限りの仮契約だけで戦っているのだから舐《な》めプをされたと思って怒っているのだろう。

実際、俺も逆の立場だったらキレるだろう。けれど事実を言う訳にもいかない以上、俺が返す言葉は決まっている。

「呼び出す理由が無かっただけだ」

俺の返答にレイアの身体から霊力が溢《あふ》れ、熱風となって俺の髪を靡《なび》かせた。

おお、戦いが終わった直後なのにもう霊力が回復しているのか。流石《さすが》はかのヴァルハート家の娘、凄《すご》いな。

「私を馬鹿にしているんですかッ!?」

「してないよ。寧《むし》ろ何度もヒヤリとさせられたし凄いと思うぞ、俺が戦った中では姫さんの次に強いと思ったよ」

俺としては嘘偽《うそいつわ》りのない素直な賞賛を述べたつもりなのだが、案の定と言うべきか煽《あお》られたと感じたらしいレイアは顔を炎の如く赤くしながら腕に刻まれた赤い契約紋を掲げ、契約精霊であるサラマンダーを呼び出した。

再び闘技場に降臨した赤竜は主人の怒りに触発されているのか、唸《うな》り声《ごえ》を上げながら凄《すさ》まじい殺気を俺にぶつけてくる。

「……何のつもりだ？」

俺は恐怖心を表情に出さないように意識しながら尋ねる。

てか戦っている時から思っていたが、やっぱりこの竜めっちゃ怖い。マジで下手したらチビりそうなんですけど……。

「再戦を要求します！　今ッ！　すぐにッ！」

「…………」

いや、待て待て。嘘だろ、マジで言ってる？　こちとらさっきのでもうヘトヘトなんだけど。

さっきは偶然で勝つことができたが、流石に連戦となると文字通り消し炭にされること間違い無しなのでどうにか連戦は避けたい。

俺が彼女から逃げる為《ため》の言い訳をどうしようかと悩んでいると、助け舟は思わぬところからやってきた。

「ヴァルハートさん、お気持ちは分かりますがそこまでです。これは新入生歓迎戦、決着が付いたのなら速やかに闘技場から引いてください」

背後から歩いてきた少女、太陽に照らされて輝くブロンドの長髪を揺らしながら現れたのは学年首席であり、このロムス王国の王女であるミーシャ・ロムスだった。

「ミーシャ様、無礼を承知で言わせて頂きますが退《ど》いて下さい。私は名門ヴァルハート家の娘としてこのような屈辱を受けたまま大人しく引き下がる訳には行かないんですッ！」

「先程申し上げたように貴女《あなた》の気持ちは分かりますが、それを許す訳にはいきません。貴女がこの学院の生徒になった以上は学院の規則には大人しく従って下さい」

「もし、従えないと言ったらどうするのですか……？」

「申し訳ありませんが、実力行使という形で退いて頂きます」

ミーシャがそう言うと同時に膨大な霊力と光が彼女の身体《からだ》から溢れる。

あまりの眩《まぶ》しさに思わず目を瞑《つぶ》り、光が収まったタイミングで目を開ければミーシャの隣には一体の精霊、天使が降臨していた。

二対の白い純白の羽を艶《あで》やかな背から生やしたその天使の姿は思わず見惚《みと》れてしまうほ

どに美しかった。

その真っ白な肌をほぼ隠していない薄い鎧《よろい》は肩と胸、腰回り程度しか隠せておらず、あまりにも整ったそのプロポーションを惜しげもなく晒している。

果たして彼女に羞恥心は無いのか、そんな疑問が浮かぶが地面にまで着きそうなほど伸びた金色の髪を揺らすその顔は仮面によって完全に隠れておりその素顔を確認することはできない。

前はその素顔を覗《のぞ》いてみたいと思っていたが、前に戦闘を行った時に文字通り半殺しにされて以降、そんな気持ちは跡形も無く消え去った。

っていうか待て。しれっと二人とも契約精霊を呼び出してるけど、まさかここでやり合う気じゃないだろうな？

天使も竜種と同等、いや下手すればそれ以上の力を持つ最高位の精霊だ。しかも精霊師もお互いに一級となると流石に洒落《しゃれ》にならないんだが……。

二人の間に挟まっている俺は、周囲の視線が俺たちに集中していることに気付く。

と言うかなんか側《はた》から見ると二股がバレた男みたいな立ち位置で非常に居心地が悪い。

「……分かりました。確かにミーシャ様の言う通りです、大変失礼致しました。ご無礼をお許しください」

「いいえ、分かって貰《もら》えて何よりです、ヴァルハートさん。学院に所属していればまた彼と戦う機会もある筈《はず》です。何も焦る必要はありません」

暫《しば》しの視線のぶつかり合いの末、折れたレイアが頭を下げて謝罪を述べるとミーシャも微笑《ほほえ》みを浮かべながら彼女の無礼を許した。

「ありがとうございます。それでは失礼致します」

「ええ、夜の晩餐会《ばんさんかい》には来るのでしたね？　お待ちしてますよ」

ミーシャの言葉にレイアはもう一度頭を下げると、ズカズカと力強い足取りで俺の隣を通り過ぎていく。

「次は絶対、燃やす」

すれ違った刹那、底冷えする声音でそんな宣告を受けた俺はゾクリと背筋を凍らせながら思わず振り返って出口へと消え去っていくレイアの小さな背中を見つめる。

——————この学院、辞めようかな。

「今回も契約精霊を呼び出してはくれないのですね」

端的な殺人予告に震えていると横に立つミーシャが小さく息を吐きながら独り言なのか、俺に話しかけたのか分からないくらいの声量でボソリと呟いた。

俺がミーシャの方へと視線を向ければ彼女のサファイアのように美しい瞳が俺を射貫《いぬ》いていた。

ミーシャ自身も契約している天使に勝るとも劣らない容姿を持っている。綺麗《きれい》な鼻筋に瑞々《みずみず》しい桃色の唇、顔のパーツ全てが完璧に整っている。白い肌は雪のように滑らかで思わず触れたい衝動に駆られる。

天は二物を与えずなんて言葉があるが天は誤って彼女には四、五物くらい与えてしまっているのではないか、そんなことを思ってしまうほどに彼女は家柄、容姿、才能、契約精霊、全てにおいて完璧だった。

「見事な戦いでした。相も変わらず契約精霊も呼ばずによくあそこまで高度な霊術が扱えるものです」

と俺がミーシャに見惚れていると彼女は俺にそう賞賛の言葉を述べた。

「学年首席の姫様にそう言われるとは光栄だな」

「貴方《あなた》が契約精霊を呼べばこの地位にいたのは貴方です」

俺の言葉にミーシャは間を空けずに言った。間違いないと言わんばかりの確信を持った口調で彼女は言う。

「買《か》い被《かぶ》りだ。そんなことは無い」

「前の貴方との試合、アレは本来ならば私が負けた筈の試合でした」

「いや、アレは姫様の勝利だよ。紛《まご》うことなき、アンタの勝利だ」

俺は前回の試合の内容を思い返しながら告げる。そうだ、あの戦いの勝者は彼女であり、敗者は間違いなく俺だ。それは否定しようの無い事実だ。

だが、ミーシャは納得いかないのか尚《なお》も否定の言葉を出そうとして、けれども言っても無意味と思ったのか結局は口を閉ざした。

「悪いが姫様、俺もそろそろ退散させて貰うぞ？　流石にさっきの戦いは疲れた」

流石に高位の精霊との戦いとあって疲れた。しかも、あくまでも新入生を歓迎する為のレクリエーションだと言うのにあの後輩、完全に俺を潰しに掛かってきていた。

可能ならもう二度と戦いたくない。

「……………何故ですか？」

「……ん？」

ミーシャに背を向けて歩き出そうとしたが、背後からそう尋ねられて振り返った俺は今度こそ固まった。

「何故、貴方は契約精霊を呼び出してくれないのですか？」

「……………………」

彼女の疑問と怒りそして――――悲しみ。

様々な感情の入り交じったその問いに俺は言葉を詰まらせ、何か言わなくてはと考え、結局言葉が見つからず、ただ視線を逸《そ》らして逃げるようにその場を後にした。

闘技場から出る直前まで背後からの視線はずっと途絶えることは無かった。

闘技場を去り、ユートレア学院の長い廊下を歩く俺は知らず知らずの内に大きなため息を漏らしていた。
俺と戦った精霊師たちは皆、決まって同じことを聞いてくる。
何故、契約精霊を使わない？
私を馬鹿にしているのか？
何故、そこまで契約精霊を隠すのだ？
何故何故何故、決まって皆同じ疑問を口にする。
何故、だと？
そんなもん決まってんだろ。

契約精霊がいないからだよッ‼

もう一度、言おう。
契約精霊がいないんだよッ！！！（泣）
そう、何を隠そう学年次席まで上り詰めている俺は何と契約している精霊がいないのである。故に皆、何で呼び出さないのかと聞いてくるがその実、呼び出すもクソもそもそも呼び出す相手がいないというのが正しい回答となる。
学院に入学した日の夜、多くの学生たちが行ったように俺も地面に精霊を呼び込む専用の魔法陣を描いて呪文を読み、契約の儀を行った。

けれど待てども待てども精霊は現れず、まぁでもその内いつか誰かが応じてくれるかと楽観的に考えたまま月日が経《た》ち、気付けば契約精霊がいないまま一年が経過していた。

いやさ、俺も正直こんなことになるとは思わなかったよ？　お前には才能があるからって親父《おやじ》たちに背中押されてめっちゃ努力して学院に入ったのに、いざ契約の儀を行っても誰も契約に応じてくれないんだもん。

ならばと直接、精霊と契約しようとしても拒否されるし。

もう本当にどうしたら良いのか分からない。

けど今更、誰とも契約できませんでしたなんて理由で学院から抜ける訳にはいかなかった。親父が少ない貯金からわざわざ金を捻出して高い入学金も払ったのに。

精霊師になる上で当然の契約精霊がいないなどと仮にバレでもしたら落ちこぼれのレッテルを貼られること間違いなしだ。

故に俺は努力した。

契約精霊の力など借りずとも戦えるだけの力を身に付ける為に。

契約精霊がいないので簡易契約の技術を学んで微精霊との契約を行うことで霊術を扱えるようにし、パートナーがいないので肉弾戦でも負けないように身体を鍛えて剣術を学び、どうにかして契約精霊を手に入れる為に図書館でありとあらゆる本を読み漁《あさ》って知識を蓄え、時にはミーシャや同級生の契約精霊を眺めながらあんな精霊と契約を結びたいなと妄想をしたり、とにかく頑張った。

そして、その結果が今の状態だ。

学年次席の地位を手に入れたままではいいが、知らん内に真の実力を隠してる天才だとか欠片《かけら》も嬉《うれ》しくないレッテルを貼られてしまっている。

なんか戦闘では俺は常に余裕を持って舐《な》めプをしているとか、いつか本当に大切な試合の時のために契約精霊を隠しているだとか、契約精霊が強過ぎて呼び出すと周囲に危険が及ぶから皆の為に自らに枷《かせ》をして戦っているとか噂《うわさ》が噂を呼び、気付けば尾鰭《おひれ》どころか背鰭やら何やらありとあらゆる鰭が付いてしまっている。

俺、一度も舐めプした試合なんてねぇよ！　どの試合も超本気だよ！

ミーシャとの試合も降参した為に何か誤解を受けているが最後の最後にミーシャに奥の手を使われ、本格的に死ぬビジョンが見えたから殺される前に降参を選択したに過ぎない。

まぁ、確かに契約精霊がいないながらも頑張ったからつい勿体《もったい》ぶってカッコ良く敗北宣言したけどさ、まさかこんなことになるとは思わないやん？

誰だよ、ミーシャの奥の手を確認できたからわざと降参したって言った奴《やつ》。

奥の手を使われて勝てないことを確信したから降参したんだよ、アホ！

何が楽しいのか、俺の行動全てを好意的に解釈してくる同級生たちによって俺はもうどうしようもない程に持ち上げられ、最早《もはや》本当は契約している精霊はいません！　なんてカミングアウトできるような雰囲気では無くなってしまった。

同じ平民出身の同級生からは希望の星と言われ、貴族連中からは自らの地位を脅かす天才とやたらと目の敵にされるし、本当にどうすれば良いんだ……。

「はぁ、なんで俺は最初に言わなかったんだろ……」

こんな事なら最初に契約精霊がいないことをカミングアウトして、無能のレッテルを貼られながら頑張った方が楽だったんじゃないかと近頃は思う。

というか先日、巷《ちまた》の書店で販売されていた人気小説の傾向を見るとそんな感じのストーリーが流行《はや》っていた。

あれ、良いよなぁ！　だって最初が一番下だから上がるだけだもん！　頑張れば頑張るだけみんなが認めてくれるし！

今の俺は実力以上の評価を受けているせいで株は上がらないし、寧《むし》ろ落ちることしか無い。そろそろストレスで頭が禿《は》げそうだ。

「はぁ……」

「炎竜の巫女《みこ》様に勝ったって言うのに辛気臭い顔しているね、ローク」

「お前は楽しそうな顔しているな、ガレス」

何度目になるか分からないため息を吐《つ》きながら廊下を歩いていると前方からニヤニヤと

楽しそうな笑みを浮かべるイケメンが近付いてきた。

小麦色の肌の、制服の上からでも分かる鍛え上げられた身体《からだ》をした整った顔立ちのイケメンの名はガレス・オーロット。

オーロット家の跡取りで《貴公子》なんて羨ましい二つ名を持つ精霊師だ。精霊師の中でも少数派の近接戦をメインに戦う精霊師で、腰に佩《は》く一本の長い剣は家に代々伝わる魔剣だそうだ。

本人の実力も申し分なく、特に純粋な剣術だけで言えば恐らくガレスの方が俺よりも上だろう。

そして何より俺の事情を知る数少ない学友である。

「まぁね、君が余裕綽《よゆうしゃくしゃく》々そうな顔をしながら内心必死でサラマンダーの攻撃を凌《しの》いでたんだろうなと考えると面白くてね」

「面白くねぇよ、殴るぞ」

最後のサラマンダーのブレス攻撃などマジで死ぬかと思った。霊力を総動員しても水の霊術だけじゃ確実に防げないと思ったから風属性も混ぜて渦巻き状の防御壁を形成することで何とか防げたが、あの時は冷や汗で背中がビチャビチャになっていた。

マジで次戦ったら文字通り焼肉にされるだろう。はは、笑えない。

「にしても、君は相変わらず凄《すさ》まじい霊力の持ち主だね。微精霊たちの力であそこまで霊術を扱うなんて」

「まぁ、そこは素直に自分の才能に感謝してるよ。マジで霊力多くて助かった」

霊術を扱う際には基本的に霊力と媒介となる精霊の力が必要となる。故に精霊師が得意とする霊術は必然的に契約した精霊の属性となる。

例を言えばレイアであればサラマンダーの火属性、ミーシャで言えば天使の光属性といったところだ。

だが、あくまで霊術を行使するだけならば別に使いたい属性の精霊と契約さえすることができればどんな属性でも扱うことができる。

あれ、それじゃ契約精霊のいない俺は霊術使えないじゃんと思ったそこの貴方、そこで出番となるのが簡易契約だ。適当にそこら辺に漂っている扱いたい属性の微精霊と契約をすれば、俺でも霊術を使うこと自体は充分に可能となる。

けれどそれを行う場合に問題が一つ出てくる。

霊力の消費量である。

当たり前だが大技であればあるほど霊力の消費量は大きくなる。それこそ、俺が喰《く》らったサラマンダーのブレス攻撃など恐らく凄まじい霊力を消費していることだろう。

けれど、優秀な精霊師たちはそんな大技を当たり前のように躊躇《ためら》いなくバンバンぶっ放してくる。それは何故《なぜ》か？

その答えが精霊との繋《つな》がりだ。

精霊はその身体全てが霊力によって構成されており、低位の精霊でも精霊師たちが持つ平均値の二倍以上の霊力を持つ。故に精霊師たちは大技を放つ際には契約精霊たちから霊力を分けて貰《もら》うことで自らの霊力消費を抑えて霊術を発動しているのだ。

けれどこれが簡易契約となると契約の流れが精霊師から精霊へと一方通行になる為《ため》、霊力の供給を受けることができない。いや、厳密には多少は霊力を送ってくれてはいるのだが契約精霊と比べると少量も良いところだ。

故に簡易契約は手数を増やす際の搦手《からめて》のような形で使われるのみで戦闘で使用する精霊師はあまり多くない。

まぁ、俺は契約精霊がいないから使わざるを得ないので使っているが。

簡易契約で俺がバンバン霊術を使っているのにそれでも霊力切れを起こさない理由は単純に俺の持つ霊力量がアホみたいに多いからだ。

お陰様で本来は霊力が10必要な霊術に15～20くらいの霊力を込めるという非常に燃費の悪い戦い方でも俺は何とかなっている。ここら辺は本当に自らの才能に感謝しっぱなしだ。

無茶な霊術行使でも何度も行うことができる。

「にしてもローク、その様子だともしかしてこのまま家に帰るつもりかい？」

「それ以外、何がある？」

交流戦が終わった以上、今日の俺の役目は終了だ。午後に授業がある訳でも無いし、もう帰って寝る以外に俺の選択肢はなかった。

「この後、生徒会が企画した新入生とのレクリエーションと夜には晩餐会《ばんさんかい》がある筈《はず》だけど」

「出ねぇよ、面倒くせぇ。てか目立ちたくねぇ」

この学院で過ごして一年、学んだことはとりあえず俺が何かすると変に目立つと言うことだ。故に俺はどちらにも参加しない、帰って寝る。

「あんなことしでかして帰ったら、余計目立つと思うけど……」

「知らん知らん！　とにかく俺は帰るぞ！　帰るったら帰るぞッ!!」

どこか呆《あき》れた表情を浮かべるガレスを無視して俺は帰路に就く。

その数分後、生徒会役員たちに見つかった俺は捕まって文字通り引き摺《ず》られてレクリエーション会場へと連れて行かれるのだった。

その様子を見たガレスは深い溜息《ためいき》を漏らした。

場所は廊下から変わって学院内部の食堂の一席に俺は腰を下ろしていた。

高い天井のこの食堂はとても広々としており、俺の腰掛ける席からは最奥にいる生徒の姿など裸眼ではまともに視認することもできない。

集会などのイベント事があるたびに使われる大食堂は規模で言えば数百人を優に収容できるほどに大きく、今回のようなレクリエーションなどには打って付けの場所と言えるだろう。

「だから言ったじゃないか、無理だって」

「うるせぇな、行けると思ったんだよ」

呆れた表情を浮かべるガレスの隣で俺は不機嫌な表情を浮かべながら腕を組み、背もたれに背中を預ける。

「そんな機嫌悪そうな顔するなよ、新入生がビビるよ」

「不機嫌にもなるだろ、何で自由参加って書いてあるのに俺は強制なんだよ」

そう、レクリエーションの内容が書かれた紙には自由参加と書いている。

なのに何故か、俺は強制参加ときた。納得がいかない。

実際ガレスと別れた後、校門までは何とか行けたがそこで生徒会役員たちに見つかってレクリエーション会場へ戻れと命令されたので自由参加だろと抗議したが、アイツらはまるで俺の言葉を聞き入れてくれない。

何でも学年次席がレクリエーションに居ないのはマズいとのことらしいが、俺の知ったことでは無い。首席であるお姫様さえいれば次席である俺の存在など必要無い筈だ。

結局、互いに折れなかった俺と役員たちで取っ組み合いになり、数で劣る俺がそれでも何とかゴリ押しで校門を突破しようとした時、どこからとも無く現れた天使による一撃によって昏倒《こんとう》させられ、気付けばこのレクリエーション会場へと連れて来られていた。

ってていうか、誰が運んだか知らないけど俺のこと引き摺っただろ？　めっちゃ制服汚れているんだが。マジで許さんぞ生徒会、クリーニング代をよこせ。

「……にしても多くね？」

俺は一度思考を切り替えて前方に視線を移す。

普段の長机から今回のレクリエーションの為にわざわざ用意された円卓には五〜六つの席が用意されており、そこに二、三人ずつ腰掛けている生徒たちの姿を眺めながら口を開いた。

加えて俺たちの周囲では同学年である二年生の生徒たちが密集して雑談を交わしている。人口密度が半端ない。

「そうだね、この様子だと一年も二年も殆《ほとん》ど全員参加しているんじゃないかな」

「みんな暇なのか？」

「寧ろみんな今日はこのイベントを目当てにしていると思うよ」

「マジで？　俺はつまんないと思うけどなぁ」

正直、先輩と話しても延々とつまらない自慢話と謎の武勇伝を聞かされるだけで眠かった記憶しか無い。良い記憶といえばせいぜい歓談の際に席に用意された紅茶とお菓子が美味《うま》かったくらいだろうか。

「前回と違って今回はミーシャ様が生徒会長になって歓迎会を仕切っているからね、みんな期待しているんだよ」

「流石《さすが》の人気だな、お姫様は」

まぁ、あの美貌で性格も良くて優秀とくれば人気になる要素しかないか。

……いや、性格は言うほど良くは無かったか。

「何か侮辱された気がしますが、ローク・アレアス？」

「気のせいだよ、お姫様」

背後からどこか冷え冷えとする声音で声を掛けられ、振り返れば白金色の髪を揺らし、青い瞳でこちらを見つめるミーシャの姿があった。

何だ、お姫様は読心術でも使えるのか。

「あのさ、お姫様。これ自由参加だよな？　何で俺、強制されてんだ？」

「ローク・アレアス、仮にも貴方《あなた》は二年生の次席ですよ？　その影響力を考えて下さい」

「所詮はただの二位だろ？　お姫様がいれば俺なんていてもいなくても変わんねぇよ」

一位の名前は知っていても二位以降の名前は覚えていない、よくある事だ。同学年ならともかく新入生で俺のことを知っている者など何人いるだろうか。

「……前から思っていましたが、貴方はやけに自己評価が低いですね」

「適正な自己評価だと認識しているが？」

何たって契約精霊もいない落ちこぼれだからな。寧《むし》ろ高過ぎるまである。

「謙虚も度が過ぎるとただの自虐になります。気を付けた方が良いですよ」

「肝に銘じとく。ところで帰って良い？」

「ダメです。間もなく始まるのでそのままそこで待機して下さい」

しれっと帰宅を希望するもやはり許可を貰うことはできず、溜息を漏らす俺は食堂の一番前に設置された壇上へと向かうミーシャの背中を見送った。

ミーシャが壇上に立つと途端に喧騒《けんそう》に包まれていた食堂が静まり返り、食堂に集まっていた生徒たちの視線がミーシャに集中する。

「新入生の皆さん、改めてユートレア学院へ入学おめでとうございます。生徒会長を務めるミーシャ・ロムスです」

これだけの衆人の視線を浴びて普通なら緊張しそうなものだが拡声器を手にして挨拶を述べるミーシャは一切淀《よど》みなく、流れるように言葉を紡いでいく。

その彼女の凛《りん》とした立ち振る舞いと透き通る声に気付けば食堂に集まった生徒たちは視線を奪われ、その言葉一つ一つを聞き逃さないように耳を傾けていく。そして気付けばあっという間に時間が過ぎ去り、最後に彼女は一呼吸を置くと笑みを浮かべた。

「最後に皆さん、私はこの学院において国の王女では無く、一介の生徒でしかありません。どうか後輩の皆さんは学院の先輩として気軽に声を掛けて下さい」

その言葉が終わると同時に食堂にいる生徒たちから拍手の嵐が起こる。中には感激のあまり涙を流してる新入生までいる程だ。

俺？　俺は普通に手がヒリヒリするくらい手を叩《たた》いてたよ。

「それではずっと私の話ばかり聞いていてもつまらないでしょうから座談会の方へと移らせて頂きます。二年生の皆さんには今からアルファベットの書かれた紙をお配りするのでそのアルファベットの書かれた席に座って下さい」

ミーシャの説明と同タイミングで小鳥の精霊が一枚の紙を俺の下へと運んできたので受け取るとFと書かれていた。

「ローク、君はどこだい？」

「Fだとさ」

「残念、一つ違いだね」

そう言うガレスの紙を見ればEの文字が書かれており、どうやら俺の一つ隣のグループに入るようだ。正直、事情を知っているガレスが一緒のグループだったら色々と心強かったのだが、まぁ仕方ないだろう。

「ローク、発言には気を付けるんだよ？」

「お前は俺の保護者か」

途中までガレスとそんな雑談を交わしながら席へと向かっていた俺は自分のアルファベットの書かれたテーブルを見つけるとガレスと別れを告げてそちらに向かう。

「………あ」

「………げ」

するとそこには悪魔の悪戯《いたずら》と言うべきだろうか、先程の歓迎試合で俺が倒した炎竜の巫《み》女《こ》こと、レイア・ヴァルハートが新入生側の席に腰掛けていた。もう嫌な予感がしてきたよ。

座談会が始まり、各テーブルで新入生と在学生の間で会話が行われる中、俺たちのFテーブルは未《いま》だ沈黙を保っていた。

原因は色々あると思うがその中心となっているのは恐らく俺だろう。やっぱり帰れば良かったと今更ながら後悔する。

「そ、それじゃ、早速自己紹介しようか。私はセリア・ルーフレア、後輩諸君は気になることがあれば何でも聞いてね！」

このテーブルに漂う重苦しい空気を打開すべく快活な笑みを浮かべて自己紹介を始めたのは茶髪を短く切り揃《そろ》えた可愛《かわい》らしい少女だった。

その名をセリア・ルーフレア。名門精霊師一族であるルーフレア家の跡取りである少女である。学院の中でもかなり上位の実力を持つ精霊師で、確か成績は学年上位十名の中に入っていた筈だ。

彼女は持ち前の明るさとコミュ力を総動員して場を盛り上げようとするが、お通夜の如《ごと》き空気は一向に軽くならない。けれども彼女の明るい雰囲気に触発された新入生たちがポツリポツリと自己紹介を始めてくれた。

「あ、あの、メイリー・ノーストです。よ、よろしくお願いします！」

最初に名乗った彼女は青い前髪が目元まで掛かっていて、その表情を窺《うかが》うことはできないが上擦った声から緊張していることが感じ取れた。

新入生らしい可愛らしさを持つ後輩で非常に微笑《ほほえ》ましい。

「月影燈《つきかげあかり》」

次に名乗ったのは艶のある黒い長髪を伸ばした鋭い目付きの少女だ。名前からして東方出身の精霊師だろうか、遠路遥々《えんろはるばる》よく来たものだ。ガレスと同様に剣を帯びている辺り、近接戦闘を好むタイプなのだろう。彼女とはもしかしたら剣術の話で仲良くなれるかも知れない。この暗雲立ち込める歓迎会に一縷《いちる》の望みができた。

「…………レイア・ヴァルハートです」

そして最後、ヴァルハート家のお嬢様。このテーブルの空気を重くしている要因その1

いる。

である彼女は尻尾のような銀色の三つ編みを揺らしながらその金色の瞳で俺を睨《にら》み付けている。

容姿自体は非常に整っているのに眼力が強すぎて少しも可愛いと思えない。

つーか何でいるの？　晩餐会《ばんさんかい》に参加しないとか言って無かった？　気のせい？

「メイリーちゃんに燈ちゃん、それからレイアちゃんね！　みんな宜《よろ》しく！　ほら、こっちも二人とも挨拶して!!」

そう言ってセリアは俺たち在学生にも自己紹介するように促してくる。彼女の卓越したコミュニケーション能力に感心する俺は努めて落ち着いた雰囲気を醸し出しながらゆっくりと口を開く。

「ローク・アレアスだ。宜しく頼む」

自己紹介を終えると気のせいかレイアの視線が少し鋭くなった気がする。どうか、勘違いでありますように……。

「俺はオーグン、オーグン・ゴドウィンだ！　何かあればそこの平民よりも俺を頼るといいぜ！　手取り足取り教えてやるよ」

そう言って俺に喧嘩《けんか》を売りながら自己紹介をしたのはこのテーブルの空気を重くしている原因その2であるオーグン・ゴドウィンである。

学院指定の制服を着崩し、やたらとシルバーネックレスやらブレスレットやら高級な装飾品を身に着けた成金の不良のような容姿のこの男も一応、名門貴族の一員だ。

それこそ家柄だけで言えばガレスやセリアに並ぶほどの有力貴族であり、実力に関しても二人には一歩及ばないにしても充分に優秀な部類に入るだろう。

まぁ、品格に関してはお察しではあるが……。

「こ、こら！　オーグンくん、そんなこと言わないで！　今日は新入生歓迎会なんだからもっと楽しくいこうよ！」

「はぁ、事実だろ!?　ボッチで隠キャで貧乏な上にどんな戦いでも契約精霊は呼ばないときた、こんな不気味な奴《やつ》を頼りたいと思うか!?」

必死のセリアのフォローも一蹴してオーグンは叫ぶ。

過去に何回かコイツをボコしたせいで俺はオーグンにやたらと嫌われている。それはもう食堂で飯食ってる時も図書館で本読んでる時も何なら授業中に会う時も……というか事あるごとに因縁を付けてくる。

そして今日も同じグループになってしまったのが運の尽き、座談会が始まる前からまるで親の仇《かたき》の如く睨まれ続けていたが、とうとう我慢できなくなったらしく俺への悪口が止まらない止まらない。

まぁ、彼の気持ちが分からない訳では無い。

精霊師は互いに契約精霊を呼び出して名乗りを上げた後に戦うという遥か昔からの決闘

の風習が存在するせいで契約精霊を呼ばずに戦うことは相手に対する侮辱だと捉えられることがある。

今では廃れた風習で特に気にする人は少ないが、一部の貴族を中心にやたらとそういった礼儀を気にする者もいる。オーグンみたいに。

故に元を辿《たど》れば非が自分にあることを自覚している俺は苛立《いらだ》ちこそするが決して文句は言わず、無反応を貫く。

グチグチと俺の悪口を言い続けていたオーグンは何も反応しない俺の様子につまらなそうに舌打ちをすると標的を今度は俺から新入生へとシフトしていった。

「お前ら、この学院で上に行きたいのなら今の内からこの俺のご機嫌を取っておくと良いぜ？」

そう言って聞いてもいないのに自分の武勇伝を語り始めるオーグン、どうにか流れを修正しようと必死に話題を振るも全てオーグンの自慢話に修正されてしまうセリア、俺たちを眺めながら困った様子でオロオロするメイリー、オーグンの自慢話に欠片《かけら》も興味を示さず完全に無視を決め込む月影、そして同じくオーグンの言葉の一切を無視して何故《なぜ》か俺をジッと見ているレイア。

もう収拾がつかない混沌《こんとん》に包まれた座談会Fテーブルの中で全てを諦めた俺はとりあえずテーブルに置いてあった紅茶のカップを手に取り、喉に流し込む。

うん、美味《うま》い。良い茶葉使ってんだろうな。

どんなに座談会が辛《つら》くてつまらなくて苦痛だろうとも出されているお茶と菓子は全てが最高級で美味い。最早《もはや》、座談会の中でこれだけが唯一の癒しだ。

前回とまんま一緒である。と俺が静かに紅茶とお菓子に逃避しているとスッとレイアが手を挙げた。

「あの、質問良いですか？」

「う、うん！　良いよ！　何でも聞いて!!」

「任せろ、俺が何でも答えてやる」

新入生側からの初めてのアクションに瞳を輝かせるセリアと腕を組み質問を今か今かと待ち構えるオーグン。

そんな二人を横目に眺めながら何を質問するのかと俺は紅茶のカップを傾けながらレイアの次の言葉を待つ。

「ローク先輩はどうして契約精霊を呼ばないんですか？」

「……んッ……ゴホッゴホッ！」

二人では無く俺への質問、しかも前に答えた筈《はず》の質問が飛んできた為《ため》に紅茶が気管に入り、思いっきり咽《む》せてしまう。

……他の質問してよ。セリアはともかく、オーグンが凄《すご》く怖い顔をしてこっち見てるでしょうが……。

「その質問には試合後に答えた筈だ」

「納得いきません、仮に自分を主体にして戦うにしても契約精霊を呼び出して霊力の供給を受けながらの方が楽に戦えた筈です」

そうだね、俺もそう思う。

「それなのに先輩は頑《かたく》なに契約精霊を呼ばず、簡易契約をした微精霊たちだけで私と戦い続け、挙句に私は負けました。馬鹿にしているとしか思えません」

「…………」

馬鹿にしてないよ、寧《むし》ろ尊敬してるって!!

「仮にそれ以外の理由があるなら今すぐ答えて頂けませんか？　あの答えでは納得することができません」

「…………」

レイアの問いを聞き終えた俺はゆったりとした動作でカップを机の上に置いてあるソーサーへと置く。

カチャリという陶器の音がやけに大きく、そこで気付けば周囲のグループも俺たちのグループの異様な雰囲気を察してか、俺とレイアの会話に注目していた。

お前ら頼むから自分のグループ内で会話してくれよ……。

「……理由、か」

俺はボソリと呟《つぶや》いて腕を組む。

あの理由で納得してくれないなら一体どんな理由を言えばレイアは納得してくれるのだろうか……。

とりあえず目を瞑《つぶ》ってどこか深い事情がある感を醸し出すことで時間稼ぎを試みるが、これも長くは続かないだろう。加えて周囲の視線もあるせいで逃げ出すこともできない。

さて、マジでどうしよう。何も良い理由が思い付かない。

そもそも契約精霊を呼ばないデメリットは山ほど挙げることができるがメリットは一つも挙げることができない。まぁ、だからレイアも疑問に思ってるんだろうけど……。

もういっそ思い切って実は契約精霊いましぇーん！　とかって変顔にピースでもしながらふざけて言ってみるか？　今まで積み上げてきた全てを失うだろうが、逆にスッキリしそうな気がしなくもない。

と俺が呑気《のんき》に悩んでいる時だった、その大声が食堂に響き渡ったのは。

「んなのコイツに契約精霊がいねぇからに決まってんだろッ!!」

マジで一瞬、呼吸が止まりかけた。

突然の叫びに視線を向ければそこには苛立った表情を浮かべながら立ち上がっているオーグンの姿があった。

「なぁ、そうだろロークッ！」

「…………」

吠《ほ》えるオーグンに俺は無言で視線だけを向ける。

周囲の視線も俺から一気にオーグンへと移り変わり、怒りや呆《あき》れ、興味や好奇心など様々な感情の視線がオーグンを突き刺している。

けれどオーグンはまるで周囲の視線など気にした様子も見せず大きな声でひたすらに俺に悪態を吐《つ》き続ける。

「だからいつも微精霊やら低位のちんけな精霊たちを使役して戦ってんだろ？　契約してる精霊がいねぇ落ちこぼれだからッ！」

「ちょっと、オーグンくん！　それは流石《さすが》に失礼だよ！」

「うるせぇッ！　黙ってろ!!」

オーグンのあまりの言い草にセリアも立ち上がって窘《たしな》めるが今の興奮状態の彼にはまるで届かず、一蹴されてしまう。

「どうなんだよ、ロークッ!?　文句があるなら契約精霊如き今すぐこの場で呼び出してみろよ!!」

「…………」

俺はオーグンの言葉を耳にしながらひたすら黙り続ける。というか黙秘する以外に選択肢が無い。アイツの言ってること全部正しいし……。

「ハッ、これでもまだ黙り続けてるってことはやっぱり図星なのか？　あぁッ!?」

図星だよ。

もうお前の予測全部的中してるよ。当たり過ぎて拍手喝采もんだよ。精霊師よりも探偵の方が向いてるんじゃないのか？

「だからやめなさいってッ！　ロークくんのさっきの試合忘れたの!?　あんなに実力があるのに精霊と契約してない訳無いでしょッ!!」

そう言って悪意の無いフォローに見せ掛けた追い討ちを掛けてくるセリアの言葉に俺は心の中で静かに血を吐く。

ごめんなセリア、それが契約してないんだ。

「なら出してみろよッ！　そら、契約紋だけでも見せてみろよッ!!」

「…………」

契約紋。それは精霊と契約した際に身体《からだ》に浮かび上がる精霊との繋《つな》がりを示す紋章のことを言う。基本的に人によって紋章の形状は異なっている他、刻まれている場所も人それぞれなので一概に肉体のどこに刻まれているとは言えないが、傾向的には腕など見えやすい場所に刻まれていることが多い。

まぁ、つまり何が言いたいかと言えばそんなもの俺に刻まれている訳が無い。

何度も言うが契約精霊なんていないのだから。

「オーグン、いい加減にしろ」

表面上は真顔、けれども内心では土下座してもう勘弁して下さいと許しを乞うていると隣のテーブルからそんな苛立ちを交えた声と共に椅子が倒れる音が聞こえた。

立ち上がったのは《貴公子》ことガレス・オーロット。

ガレスは普段の優しげな表情を消し、冷め切った視線をオーグンへと向けていた。

「あッ？　何だよ、テメェには関係ねぇだろ」

「そんな事は無い。彼は僕の親友だ。彼を侮辱することは即《すなわ》ちオーロット家を侮辱しているに等しい」

言いながらガレスは魔剣の柄《つか》に手をかける。

同時にガレスの鍛え上げられた肉体から放たれる霊力の奔流、単身で文字通り高位精霊を斬り捨てる実力を持つ彼の殺気にオーグンは思わず後退《あとずさ》る。

「口を閉じろ。僕もそろそろ我慢の限界なんだ……」

その言葉に同じグループの新入生の女子生徒たちが惚《ほう》けた様子でガレスの姿を見つめる。

どうやら今日もまた彼は懲りずに女子を堕《お》としているようだ。イケメンめ……。

恐らく側《はた》から見れば友達を侮辱されたことに義憤する貴族の鑑《かがみ》とも言える立派な人間に見えるのだろうが、俺はアイツの顔を見てすぐに気付いた。

――アイツ、楽しんでやがるな……。

一見冷たげな表情を浮かべているガレスだが目元がピクピクと痙攣《けいれん》しており、口元もよく見れば不自然に口角が上がりそうになっている。

どうやら事情を知ってるガレスは流石にこのままだとヤバいと判断して助けに入った一方で俺がオーグンに責められているこの状況を楽しみながら見ていたらしい。

何が「彼を侮辱することは家を侮辱しているに等しい」だ。お前、内心ではメッチャ笑ってるだろ。

とりあえず後で文句でも言ってやろうと俺が誓っていると奥からこちらの様子を聞き付けたのだろう、従者らしい女子生徒を伴ってミーシャがやって来た。

「騒ぎがあったと聞いて来てみればまた貴方《あなた》ですか、ローク・アレアス」

「とりあえず俺が意図した結果では無い。そこは信じて欲しい」

原因は間違いなく俺にあるので強くは言えないが、それでも騒ぎを起こしたのは俺じゃない。同じ席の阿呆《あほ》貴族である。

「それは分かっていますが………オーロットさんもゴドウィンさんもお互いに引いて頂けますね？　ここは新入生を歓迎する場であり、喧嘩《けんか》をする場ではありません」

「姫様のご命令とあれば……」

「チッ、失礼致しました」

ミーシャの言葉にガレスは魔剣の柄から手を離して恭しく一礼し、オーグンも舌打ちをしながらも大人しく引いた。

よし、今だな。

ようやく場が落ち着いたのを確認した俺は今がチャンスとばかりに素早く椅子から立ち上がった。

「姫様、どうやら俺はこの場の空気を乱してしまうようなので今日のところはこれで失礼します」

「は？　ちょっと待ちなさ――」

「まだ私の話が終わっていませんッ!!」

歩き出す俺の背中に声を掛けようとするミーシャを遮るように慌てて立ち上がったレイアの声が食堂に響き渡った。

ちぃ、このまま上手《うま》くは逃げられないか。

俺は仕方なしに振り返ると先輩に向けてはいけない顔付きでこちらを睨《にら》み付けるレイアの姿があった。

＊＊＊＊＊

思わず声を張り上げてしまい、周囲の視線が自分に集まる。そのことを恥ずかしく思うが、まだ質問に答えて貰《もら》えていない。

レイア・ヴァルハートは眼前に立つ先輩、ローク・アレアスへと視線を向ける。

白髪の交じった黒髪、細身ながらもしっかりと鍛えられていることが分かる肉体は彼の戦闘スタイルによるものだろう。

振り返るロークの比較的整っているその顔はどこまでも冷めた表情を浮かべていた。そうだ、この男は先程からずっとそうだった。

座談中、同じ席の同級生に貶《けな》されてもまるで意に介さず紅茶を啜《すす》り、最初の自己紹介以降は沈黙を貫いていた。

まるで私たちのことなど興味無い、そう言われているように思えて思わず頭に血が上った為《ため》にレイアは先程の試合のことを再び問い詰めてしまった。本来ならば敗者である自分にそんなことを尋ねる権利など無いというのに。

けれど一度口に出した以上、答えを聞かない訳にはいかない。

故にもう一度、レイアは質問を繰り返そうとして——。

「ヴァルハートさん」

こちらが口を開く前にロークは先んじてそう優しげに私の名前を呼んだ。

レイアが開きかけた口を閉ざして改めてロークの顔を見れば先程の冷めた表情とは打っ

て変わって穏やかな表情を浮かべていた。

その表情の変化に思わずドキリとするレイアにロークは続けて言った。

「まずは貴女《あなた》への非礼を詫《わ》びたい。大変申し訳なかった」

「…………えっ……」

予想もしていなかった謝罪の言葉にレイアが驚く中、ロークはそんな彼女の反応も見ずに頭を下げながら話を続ける。

「確かに俺の戦い方は舐《な》めていると相手を不快にさせてしまうことが多い。けれども誤解しないで貰いたいのは常に俺は本気で戦っているんだ、これでも……な」

そう言って顔を上げて苦笑を浮かべているロークの姿はとてもでは無いが嘘《うそ》を言っているようには見えなかった。けれど、だからこそレイアは気になった。

「でしたら何故《なぜ》……」

「今は呼べない、それだけだ」

そう言ってロークは一方的に会話を打ち切ると会場から出て行こうとする。

待ってと、そう口にしようとするが、背後から放たれる霊力にレイアは弾《はじ》かれるようにして振り返る。

「それが理由になると思ってんのかッ!!　ロークゥゥウウウッ!!」

怒りで叫ぶオーグンの背後には彼の契約精霊である巨大なタコ型の水精霊、クラーケンが顕現していた。

一応、最低限の配慮として大きさを小さくして召喚しているようだが、それでもこの人が密集した場所で呼ぶには大きかったらしく周囲の机や椅子を薙《な》ぎ倒し、近くの生徒たちは驚いた様子で慌てて避難している。

「調子に乗ってんじゃねぇぞぉおおおッ!!」

吠えながらオーグンは大量の霊力を練って霊術を発動させる。

たちまち霊力を帯びた膨大な水が渦を描きながら唸《うな》ってレイアの真横を通りすぎ、一本の槍《やり》となってロークの無防備な背中を目掛けて迫っていく。

感情的になっていても流石は名門貴族の跡取りというべきか、霊術の質は非常に高く喰《く》らえば死なずとも病院送りは間違いない一撃だった。それこそ、無防備な状態ではひとたまりもないだろう。

「ローク先輩、後ろッ!!」

新入生の誰かが焦った声音で叫ぶ。

けれども反応するには既に遅く、手遅れだと判断した多くの新入生たちがこれから起こるであろう惨劇を前に目を瞑《つぶ》り————そして次に視界に映ったのは水の槍が鈍色《にびいろ》の斬光により真っ二つに斬り裂かれた光景だった。

「……は?」

形を失った水はまるで雨のように周囲へと降り注ぎ、跡形も無く消滅した霊術を前にしてオーグンは素っ頓狂な声を漏らすことしかできなかった。

しかし彼の契約精霊は違った。主人が唖然《あぜん》とした表情を浮かべる中、その八本の脚をオーグンと敵対しているロークへと向けて放つ。

「…………」

迫って来る八本の足に対してロークは一切動揺することなく、剣を薙ぐように振るう。

細切れになったクラーケンの足がボトボトと音を立てながら落下していく。

その一連の流れに新入生を中心とした学生たちは何が起こったのかを理解できていないらしく唖然とした表情を浮かべていた。

一方でガレスやミーシャを始めとした在学生たちの一部は元からこうなることを予測していたらしく驚いた様子も見せず、落ち着いた表情で水の霊術を斬り裂いた本人、片手に剣を携えたロークを眺めていた。

——いつの間に……。

レイアはロークの放った剣技の凄《すさ》まじさに瞠目《どうもく》する。

あまりにも一瞬だった。霊術を斬り裂いた一撃は勿論《もちろん》だが剣を抜いてから振るうまでの所作、その全てがまるで見えなかった。

いや、そもそもあの剣は何処《どこ》から出した？　ロークは帯剣していなかった筈《はず》だ。

けれどそれもロークの剣ともう片方の手に持つ巻物を見て理解する。

恐らく試合の時にも使った剣だがよく見れば剣の方は低位の剣精霊であり、巻物もどうやら精霊を封印するための依代《よりしろ》らしい。

つまりロークは依代から剣精霊を呼び出して簡易契約を結び、剣を振るった。そこまでの所作をあの一瞬で行ったのだ。

「…………」

その事実を理解したレイアは思わず息を呑《の》む。

学院に入る前に彼女は父から話は聞いていた。昨年の学生は粒揃《つぶぞろ》いだったと。中でも上位陣はいずれ歴史に名を残すであろう逸材ばかりだと。

学年次席ローク・アレアス。紛れもなく彼もその一人なのだろう。

認識を改めるレイアのことなどつゆ知らず、ロークはピチピチと床の上で動く細切れのクラーケンの足を一瞥《いちべつ》すると視線を近くにいたミーシャの従者の一人へと向ける。

「すみません、多分これ水が紅茶に入っちゃったと思うので皆さんの新しいのに入れ替えて頂いても良いですか？」

近くの紅茶に斬り裂いたオーグンの霊術の水が落ちたことを視認していたロークは申し訳ないと謝罪しながら紅茶を淹《い》れ直して貰うように頼み込む。

できるだけ被害を抑えられるように気を遣ったつもりだったが、突然だったこともあり、完全に抑えることは出来なかった。

従者の学生が「分かりました」と頷《うなず》くのを確認するとロークは今度こそこの会場を後にするのだった。

その背に憎しみや好奇心、恐怖に敬意といった様々な視線を浴びながら……。

Spirit master who is thought to be hiding his true ability is actually always fighting very seriously

第二章　古代遺跡探索

　メンタルを削られた座談会を終えて更に夜の晩餐会《ばんさんかい》にも拒否権を与えられず無理矢理出席させられて疲労困憊《ひろうこんぱい》のまま爆睡した翌日、俺は疲れ切った表情を浮かべながら学院へと足を運んでいた。

「やぁ、ロークおはよう」

「……うす」

「やけに疲れた顔しているね？」

　一限目の教室へと向かう途中で合流したガレスは俺の顔を見るなり心配そうな表情を浮かべながら囁《ささや》いた。

「ああ、昨日の疲れがな……。やっぱ平民の俺にはああいう煌《きら》びやかな場所は似合わん」

「ずっと隅っこに逃げてたもんな」

「当たり前だろ」

　三年生も合流した講堂を借りての晩餐会、天井から吊《つ》るされたシャンデリアやら豪奢《ごうしゃ》な衣服を纏《まと》った貴族様たち、演奏団たちによって奏でられる荘厳な音楽は正直、俺には場違い過ぎてストレスで死にそうだった。というかガレスがいなければ多分死んでいた。

マジで何で俺だけ強制なん？　他の平民出身の学生はみんな参加拒否してるやん。おかしいやん。

「大丈夫か？　一限目の講義、高位霊術学だぞ？」

「ああ～それは無理だ。寝るわ」

学院の講義は選択式であり、基本的に必要単位数さえしっかり取得すれば好きな時間に好きな講義を受けることができる。

けれども中には必修と呼ばれる絶対に取らなきゃいけない講義も存在している。それが丁度今向かっている高位霊術学の講義だったりする。

高位霊術学は必修ということもあり、百人を超える学生たちが集まる講義ということもあり本館から少し離れた別館の一、二階をぶち抜いた大教室が用意されているので言い方は悪いが寝てもバレにくい。

加えて言えば高位霊術学は高齢の爺《じい》さん精霊師が担当しているのだが、その声音があまりにも眠気を誘うので講義の時間帯と相まって気付くと机に突っ伏している学生が続出しているのだ。

一応いつもは耐えられているのだが今日の疲労度からして恐らく今回は耐え切れずに撃沈するだろう。

「寝てたらとりあえず起こしてくれ」

「僕も寝てなかったらね」

「不穏なこと言うなよ」

こちとら高い学費を払って講義を受けているのだ。流石《さすが》に講義の全てを睡眠の時間で終わらせる訳にはいかない。

「というか今更だけど良かったのかい？」

「ん？　何の話だ？」

「オーグンのことだよ」

「ああ、そのことか」

一瞬何の話だと思ったが、どうやらガレスは昨日の一件のことを尋ねているらしい。

「あの対応が妥当だろ？」

「いや、本来なら退学どころかオーグンを勘当させることも充分できるぞ」

結局、座談会で水の霊術をぶっ放したオーグンを三十日間程の停学処分にするという形で決着が付いた。いや、厳密には俺がその形で無理矢理終わらせたという言い方が正しいか……。

「何故《なぜ》庇《かば》う？　君を貶《けな》した相手だぞ」

「いや、アイツの言ってたこと全部事実だしな。本当のこと言ってるのに退学させられるのは流石に違うだろ」

まぁ、背中に霊術ぶっ放した上に精霊をけしかけてきた時はビビったけど何とか無傷で終わらせられたしそこまで怒りがある訳でも無い。

ダメにした紅茶や菓子の弁償を求められたら全部負担させようとは思ったけど……。

「そういう問題か？」

「そういう問題さ。そもそも俺が精霊と契約できればこんな面倒ごとも起こらなかったんだろうが……」

仕方ないことではあるが、俺の戦い方はどんなに真面目に戦っても契約精霊を呼ばない為《ため》、相手を煽《あお》るような戦い方になってしまう。恐らくオーグンは学位戦の時にフルボッコにされたことをずっと根に持っているのだろう。

あの頃は俺の戦闘スタイルが確立できてテンションが上がっていた時期で少なからず調子に乗っていた。あの頃の無礼な態度を思い返すと罪悪感と申し訳ない気持ちが湧き上がってくる。

実際この点はミーシャにも覚えがあるようでそこを要点に説得をしたら意外とすんなりと応じてくれた。加えて言えば彼女が王族では無く、あくまでも学院の生徒会長として対応してくれたのも大きいだろう。

「毎度思うけど君は変なところで律儀だよね」

「別に変では無いだろ。それより俺は説得に応じて貰《もら》う条件として何でも一つ言うことを聞くっていう恐ろしい条件をミーシャにつけられたことをどうにかしたいんだが」

　そうすんなり応じてくれたミーシャだがその実、俺は何か一つ絶対に言うことを聞かなくてはいけないという恐ろしすぎる条件をつけられた。

「王族に意見したんだから妥当だろ。寧《むし》ろその程度で済むのなら安過ぎる」

　ガレスはそう言うがそれでも王族の命令何でも一つだぞ？

　そもそも大抵のことを命令できる王族がわざわざ何でも言うこと一つって何を命令する気なんだ。

「まぁ、大丈夫だろ。逆にご褒美と思えば良い」

「ご褒美と称して仮に一族郎党打ち首にせよと命令されてもお前は喜べるのか？」

「ハハハ、ウケる」

「笑ってんじゃねぇ！」

　こっちは真面目に困ってんだよ!!

　と俺がガレスに怒っていると背後から唐突に衝撃が走り、そのまま勢いに押されて体勢を崩し地面に衝突した。

「ゴフォッ!?」

「よっ」

「やぁ、リリー。おはよう」

背中に乗っているであろう人物が俺の悲鳴を無視して呑気《のんき》にガレスと挨拶を交わす。おい、とりあえず背中から降りろよ。

「ロークもおはよう」

「ああ、おはよう。ところで俺の背中から降りてくれないか？」

「できない相談」

「ずっとここにいろと？」

「馬車馬の如《ごと》く私を乗せて動いて」

「貴様潰すぞ」

そこでようやく背中から柔らかい重みが消え、起き上がった俺は先程まで背中に乗っていたであろう人物へと視線を向ける。

セミロングの薄緑の髪、綺麗《きれい》に整った顔立ちは表情が乏しく、整った容姿と相まって本当に人形のように見える。

名をリリー・オラリア。俺と同じく平民出身ながら入学試験の座学においてあのミーシャを抑えて一位で通過したという紛れもない天才である。更に付け加えると結構なコミュ障で仲良くならないとマジで何も喋《しゃべ》らない。

故に俺同様に学院内では少し浮いてしまっており、その結果浮いたもの同士で自然と仲良くなった。

「ローク野蛮」

「後方からタックルしてきた奴《やつ》に言われたくないな」

今でこそこうして冗談を交えて会話できているが当初は同じ平民同士だっていうのに一言も反応してくれなくて困ったものだった。

にしても相変わらず無表情だな……。俺も演技をしているから比較的表情が乏しい方だと自認しているがコイツに関しては最早《もはや》、表情筋が死んでいる。

「そう言えばリリーは昨日レクリエーションに行ったか？」

「面倒だったから行かなかった」

ですよね、当初は俺もそのつもりだったし。けれどそうなると一つの疑問が俺の中に浮かんでくる。

「お前の方には生徒会来なかったのか？」

「生徒会？　何のこと？」

俺の質問にリリーは不思議そうに首を傾《かし》げる。その反応からしてどうやらリリーの下に生徒会は赴いていないらしい。実績を考えればリリーは絶対に歓迎会には連れて行った方が良い生徒の筈《はず》だが……。

「俺は生徒会に二年生の次席なんだから絶対に参加しろって言われて無理矢理連れて行かれたんだ」

「よく分からないけどロークは特別みたい」

「嬉《うれ》しくない特別だなぁ」

生徒会に目を付けられるなんて少なくとも絶対に良い意味での特別じゃない。下手したら精霊と契約していないことを暴かれそうで怖いったらありゃしない。

「はい、二人とも雑談はそこまでだ。そろそろ教室に行かないと遅刻するよ」

ガレスの指摘に時計を確認すれば確かにもう開始まで数分程度しかない。俺たちは小走りで講義のある教室へと急ぎ、教室のドアを開けて慌ただしく中へと入る。

中には多くの学生たちが着席しており、案の定と言うべきか一番気楽な後方の席は既に満杯だった。ギリギリに来た以上後方の席が取れないのは分かっていたので俺たちは比較的手前の窓際の席に三人並んで腰掛けた。

「おやすみ」

「おい、初手から寝ようとするんじゃねぇ」

日光の眩《まぶ》しさがあれば眠らずに済むかと思ったが寧ろその温かさにやられてまだ先生が来てもいないのにリリーが睡眠体勢に入った。止《や》めろ、こんな目立つ場所で寝るんじゃない。

思わず軽く頭を叩《たた》くとリリーはむぅと不満そうな表情を浮かべながら顔を上げた。

「邪魔しないで」

「俺はお前をそんな子に育てた覚えはないぞ」

「君はリリーのお父さんか何かかい？」

「貴方《あなた》たちは相変わらず仲良いね」

三人でそんな下らない漫才をしていると背後の席から声を掛けられ振り返る。ニコニコと楽しそうに笑うセリアが一つ後ろの席に腰掛けていた。

「やぁ、セリア。いつもなら後ろにいる君が珍しいね」

「ふふ、今日はちょっとね。貴方たちが手前に座るのが見えたから来たの」

「何か用があるってことか」

セリアの言葉を聞いた俺は確信を持って言った。意外と策士な彼女がただ雑談をする為だけに俺たちの所へと来るとは考えづらい。

「ふふふ、そう警戒しないで。中々お得な情報だから」

「勿体《もったい》ぶらないで教えてくれ」

焦《じ》らしてくるセリアを急《せ》かすと仕方ないなぁと彼女は言った。

「実はね、近々《ルナの遺跡》への立ち入り許可が下りそうなんだけど良ければ一緒に探索へ行かない？」

「…………へ？」

その衝撃的な内容に俺とガレスは目を点にし、リリーは眠気が吹き飛んだ様子で「行く！」とキラキラと目を輝かせて頷《うなず》いた。


ルナの遺跡。

それは今よりも遥《はる》か昔、精歴一万年以上も前の原初の精霊たちや神が存在していた時代に作られたと考えられている遺跡である。

神霊学の講義でも出てくるが、ルナの遺跡はその名前の通りかつて存在していたと言われている神々の一柱、月の女神ルナを信仰していた人々によって建築された建物で特徴として各部屋に女神ルナの像があり、彼女の象徴である月の刻印が刻まれている。

どこか塔のような形状をしているルナの遺跡は女神ルナへ祈りを捧《ささ》げる為の祭壇とも灯台として使う目的で建築されたなど研究家の間では様々な考察が為《な》されているが、まだ詳しいことは判明していない。

俺たちが誘われたのはそんな古代遺跡でも特に謎が多い遺跡の一つだった。

「で、参加するのかい？」

「する」

ガレスの言葉に秒で反応したのはモグモグとパンを齧《かじ》っていたリリーだった。

時刻は12時を回り、腹を空《す》かせた多くの学生たちで賑《にぎ》わっている食堂の一角で俺たち三人は他の学生たちと同じく昼食を取っていた。

「いや、リリーが参加するのは知ってるよ。僕はロークに尋ねたんだ」

「さてさて、どうすっかなぁ」

俺は注文した肉《にく》野《や》菜《さい》炒《いた》め定食を口に含みながら考える。

「行かないの？」

「考え中」

「行こう。決定」

「勝手に決めないで」

不満げな表情を浮かべるリリーを宥《なだ》めながら考える。

確かにルナの遺跡の探索は魅力的だ。行けば単位にもなるし何か新しい発見をすれば報酬も出る。何なら遺跡の中に眠っているアーティファクトも発見すれば貰うことができる。

少し考えただけでも様々なメリットが浮かんでくる。

しかし……………。

「流石《さすが》に大丈夫じゃないか？」

「……まぁ、だとは思うが」

俺の表情を見て察したらしいガレスがそう言葉を投げかけてくるが、俺は曖昧に返すことしかできない。

　俺が古代遺跡の探索をする上での一番の懸念は同行する仲間に契約精霊がいないことがバレることだ。ましてやルナの遺跡の探索となると何が起きるか分からない。行きたい気持ちはあるが、それで色々バレては元も子もない。

「ガレスは行くのか？」

「勿論《もちろん》。あのルナの遺跡に入れる機会は限られているからね。入れる時に入らないと」

「まぁ、だよな」

　普通の学生ならば、ここは参加の一択なのだ。ましてやルナの遺跡はその危険さ故に他の古代遺跡と比べても入場制限が厳しく、なかなか入ることができない。

　精霊師としてある程度の実力があるならば参加するべきなのだが……。

「ガレスもこう言ってるのにロークは行かないの？」

「うーん」

　けどやっぱり「行こう？」集団行動は「行くでしょ？」リスクが大き「行くしかないでしょ？」……「行こっか」……。

「ちょっと思考が定まらないから静かにして」

「行くって言えば黙る」

「それじゃ考える意味無くなっちゃうでしょ」

どうやらリリーは何が何でも俺をルナの遺跡へ連れて行きたいらしい。先程からリリーの話す単語の九割くらいが行こうになっている。

「どうせ行くなら仲良い人が一緒にいた方がいいんだよ、なぁリリー？」

「寧《むし》ろここで行かないなんて選択肢を取るのはあり得ない」

「………確かにそうだな」

ルナの遺跡に入れる機会など滅多に無い。そもそも次の機会が在学中にあるかも分からないのだ。行ける時に行っておくべきだろう。

「行くかぁ」

「そう来なくっちゃ」

「言質取った」

俺が行くことを決めるとガレスは嬉しそうに笑い、リリーはモグモグとパンを食べながらどこか満足そうに頷いた。

「それじゃこの後、参加の旨をセリアに伝えに行こう」

「悪い、俺はこの後バイトがあるから二人で説明しに行って貰《もら》ってもいいか？」

「そう言えばそうだったね。それじゃリリー、食べ終わったら一緒に行こうか」

こくりと頷くリリーを確認しながら俺は遺跡探索に合わせて色々と用意しなければいけない物のリストとその費用を計算して小さく息を吐く。

どうやら今月はより節約しないといけなそうだ。

＊＊＊＊

学院都市ガラデア。

ここは精霊師を育成する学院を中心に発展した街であり、西側には市街地、東側には食材や霊術書、封霊石まで何でも揃《そろ》う大市場が広がっている。また教会や神殿、遊郭や劇場、それに図書館や闘技場に上下水道などまでしっかり完備されており、この学院都市はロムス王国でも首都である王都に次ぐ大都市であることは間違いない。

「はぁ」

そして俺は今、大市場のとある一角にある建物の一室でバイトをしていた。

思わず深い溜息《ためいき》を吐《つ》きながら今日も今日とて足場も無いほどに床に散らばっている本や何かの資料を拾い集めながら整理していく。

給料は結構いいので助かっているが、それはそれとして結構な頻度で来ているのに変わり映えしないこの景色は一体どういうことだろうか？

「いやぁ、今日も悪いねぇロークくん。なにぶん忙しくて時間が作れなくてね」

「そう思うなら普段からもう少し整理して下さいよ」

そう申し訳なさを感じさせない表情で謝罪するのは俺のバイト先の上司にして師匠であるオーウェン・リブリア。

赤い眼鏡を掛けたその顔は理知的に見える一方で胡散臭《うさんくさ》くも見える。どことなく怪しげな雰囲気を持つ人ではあるが、歴《れっき》とした凄腕《すごうで》精霊師であり、かつては俺と同じユートレア学院に通っていた先輩にあたる人物でもある。

「ははは、これが不思議なものでねぇ。何度も何度も整理している筈《はず》なのに一向に綺麗《きれい》にならないんだよねぇ」

「アンタが整理した側《そば》からすぐに散らかしていくからでしょ」

ニコニコと楽しそうに笑いながら話すオーウェンに俺が苛立《いらだ》ちながら事実を指摘すると

「だよねぇ〜」とやはりニコニコと楽しそうにオーウェンは笑う。

「研究だけじゃなくてもう少し自分の身の回りのことも気にして下さいよ」

「分かってるつもりなんだけど、やはり一度始めちゃうとずっと集中しちゃってね」

オーウェンは精霊師でありながら歴史研究家としての側面も持っている。

今、まるでゴミのように床に散らばっているのは全て彼の大切な研究資料である。

もっと大事に扱えよ。

「それはそうとルナの遺跡に行くんだって？　いいじゃないか、お土産期待しているよ」

「お土産なんて無いですよ。それより師匠、ルナの遺跡ってどんな場所なんですか？」

「さて、何だろうね。祭壇とも灯台とも神と交信する為《ため》の建物とも様々な憶測が存在しているけど、何一つ確信には至ってない」

　オーウェンは散乱していた本を一つ一つ棚へと戻しながら俺の疑問に答える。やはりオーウェンでも詳しいことは何も分からないらしい。

「まぁ、あの遺跡がその他の遺跡と違って何か重要な役割のある建物であることは間違いないけどね」

「重要な役割……ですか」

　あのなんか歪《いびつ》な形の塔にそんな重要な役割などあるのだろうか？　俺からすれば歴史的遺産という側面以外には何の価値も感じないが。

「君は何故《なぜ》あの遺跡が普段立ち入りを制限されているのか知っているかい？」

「……他の遺跡に比べて危険だからという認識くらいしかないです」

　その最たる理由が守護霊《ガーディアン》の存在だ。

　昔の人々は自分たちの死後、神殿や墓などを荒らされることを危惧したのだろう。その守護をあろうことか精霊に任せたのだ。それも高位の精霊ばっかり。

　お陰で予想通り墓荒らしどころか遺跡を調べようとしていた現代人たちもものの見事に精霊たちに迎撃され調査は遅々として進んでいない。

「その通り。ルナの遺跡はその防衛機能が少し大袈裟《おおげさ》過ぎる」

言っている意味が分からず首を傾《かし》げている俺を無視してオーウェンは話を続ける。

「ロークくんは金庫と筆箱、どちらか片方にガーディアンを付けられるとしたらどちらに付ける？」

「そりゃ、金庫ですけど」

「だろうね」

二つの価値を比較すれば当然の判断だ。

けれどこの質問に一体何の意味が——ああ、そうか。

「重要な建物ほどセキュリティが強い筈ってことですか」

「そう言うこと。まぁ、これも僕らの勝手な憶測に過ぎないけどね。人間の思考が今と昔で同じものだとは限らないし」

苦笑しながら話すオーウェンだが確かに言われてみればその通りだとは思う。大切な物ほどセキュリティを強くするのは人の心理の一つだ。

「だからと言う訳では無いけど注意することだ。本当にああいう場所は何が起こるか分からないからね。ましてや君は隠し事も多い訳だし」

「……分かってますよ」

最後は俺の事情を知っているオーウェンが揶揄《からか》うように警告してきた為、俺は頭を掻《か》き

「大袈裟？」

ながら溜息交じりに呟《つぶや》いた。

余談だが後日の探索メンバー発表にて炎竜の巫女《みこ》ことレイアがいることが判明。辞退しようとしてガレスとリリーに全力で止められるのだった。

＊＊＊＊

ルナの遺跡はロムス王国西部一帯に広がるジュデッカの森の中に隠れるように存在している。故にルナの遺跡に入るにはまずジュデッカの森へと行かねばならないのだが、周辺は交通網の整備等があまり行われておらず遺跡に向かうには馬車や徒歩などといった古典的手段となる。

ただ、それも一般人ではという話であり精霊師となれば別の手段がある。

「流石はヴァルハート家の精霊、速くて乗り心地も良いよ！」

「お褒めに与《あずか》り光栄です。セリア先輩」

レイアとセリアの二人を背に乗せてバサリと赤い巨翼をはためかせて空を駆けるのはレイアの契約精霊であるサラマンダーだった。

更にその後方にはサラマンダーにも劣らない、何なら一回りほど巨大な身体《からだ》を持つ鷹《たか》のような姿をした風精霊シグルムが俺とガレス、リリーの三名を背に乗せて空を舞っていた。

今回の為に予《あらかじ》めオーウェンから封霊石に封じてコレクションしていた高位精霊の一体を借りて俺が簡易契約を結んで使役している。

「良い乗り心地だね」

「快適」

「まぁ、そりゃな。本来なら依代《よりしろ》の中で大人しく眠ってるような精霊じゃないからな」

心地良い微風を浴びるガレスとリリーの感想に俺は手にしているシグルムが封じられていたエメラルド色に輝く石、封霊石を眺めながらそう返す。

封霊石は精霊の依代として一般的によく活用されるがこんな高位精霊を入れる用には作られてない。本来なら破壊して暴れるところを予めオーウェンが調教しているから大人しく入ってくれているだけだ。

何ならこのレベルの高位精霊が相手だと本来は簡易契約などできない。

仮にできたとしても完全に従えることは不可能な筈だが、それすら可能にする辺り如何《いか》にオーウェンの調教技術が高いかが分かるだろう。

「ローク、君はこういう任務の時にやたらと高位精霊を連れてくるけど……君に精霊を借りしている師とは一体、何者だい？」

「残念だけど秘密だ」

「隠し事は良くない」

「師匠から秘密にすることを条件に借りてるからな。無理だ」

「むぅ」

俺の言葉に残念そうに息を吐くガレスの横でリリーは拗《す》ねたような表情を浮かべながら俺の背をポコポコと叩《たた》いてくる。やめろ、落とすぞ。

「こらそこ～、イチャつくのは結構だけどもうすぐ着くから降りる準備して！」

リリーの頭を押さえて攻撃を防いでいると速度を落として横に並んだサラマンダーの背からセリアが大声で言ってくる。どうやら雑談している内に遺跡の近くまで来たようだ。

俺が降下を始めるサラマンダーに続くようにシグルムに降下を命じると、応じたシグルムは大きく翼をはためかせながら高度を落としていく。

そのまま地面へと降りると俺たちは精霊たちの顕現を解きつつ眼前に広がる歪な螺旋《らせん》のような形状を描きながら天高く伸びている塔を見つめる。

「ようやく着いたね」

「これが……ルナの遺跡」

「歪な形」

「写真で見たことはあったけど間近で見るのは初めてだ」

「…………」

皆がルナの遺跡を見上げながらそれぞれの感想を述べる中で俺は無言で遺跡を見上げる。

何ともまぁ、不気味な形状の建物だ。

オーウェンはこの建物の建造目的は祈禱《きとう》の祭壇として使う為なんて言っていたがそんな神聖な行為をする為の建物には見えない。

「よしッ！　行こう!!」

このチームのリーダーであるセリアの号令の下、俺たちはルナの遺跡の入り口へと向かって歩き始める。

正直、予想以上に不気味な雰囲気を放つ遺跡に入ることに躊躇《ためら》いを覚えるが今更帰りたいなどと言う訳にもいかない。

とりあえず何があってもすぐに迎撃できるように携帯している巻物状の依代から封じていた微精霊を呼び出して簡易契約を結ぶ。

「気が早いね」

「念の為だ」

ガレスにそう言いながら俺は警戒を強める。

どうやらルナの遺跡の周辺には微精霊などの力の弱い精霊は寄り付かないらしい。

そうなると俺の戦闘手段は予め依代に封じてきた精霊たちだけになる。あまり下手な動きをして精霊がやられるとマジで役立たずになるので注意しなければ……。

「それじゃ開けるよ、準備は良い？」

ルナの遺跡の入り口の前まで来るとセリアが最後の確認を取ってくる。

既に簡易契約も済ませ、何かあっても素早く動けるようにしている。

他のメンバーも同じく準備万端といった様子だ。

俺たちが頷《うなず》くのを確認するとセリアは不法侵入防止の為に掛けられている霊術封印の解除術式が刻まれたカギを取り出すと扉に差し込んだ。バチリと術式が解除される音が鳴り響くと同時に全員で中へと入り込む。

「暗い」

「何も見えませんね……」

「炎よ」

中は日光が届かず照明も無く真っ暗闇だった為、俺が近くを浮遊している火の微精霊に霊力を流して周囲を照らすと三日月とそれを見上げる一人の女性が描かれた壁画が視界に入った。

「これは……」

「恐らくは月の女神ルナでしょうね」

火の霊術を使って炎を出して壁を照らすレイアが壁画を眺めながら呟いた。

「綺麗に描かれてるね」

「きっと名のある画家が描いたんだろうね」

感心した様子で壁画を見つめるセリアにガレスが同意する。

俺も芸術とやらはよく分からないがそれでも女神の月に照らされて黄金に輝く髪や瞳など、神秘さがよく表現された美しい絵だと素人なりに思う。

とそんな風に俺たちが呑気《のんき》に壁画に見惚《みと》れてる中で一人、目を離してはいけない奴《やつ》が静かに周囲を探索していたことを俺は完全に失念していた。

その結果――――。

「あっ」

リリーのどこか焦ってるんだか落ち着いてるんだか分からん声と共にガコンという何かが沈んだような音が響き渡る。やりおったな、コイツ。

焦る間も無く先程まで暗闇に包まれていた神殿内が昼間のように明るくなり、地面と天井に描かれた無数の幾何学模様の魔法陣までハッキリと確認できるようになった。

もしかしなくても嫌な予感がした。

「リリー、何を押した!?」

「よく分かんないけど壁を触ってたらいきなり壁が沈んだ」

「ただ明かりが点《つ》いただけじゃ……無いよねぇ」

セリアの懸念を肯定するように地面に描かれた幾つもの魔法陣が霊力を帯びて光を放ち始めた。どう考えても召喚陣です、お疲れ様です。

「多いな、どう戦う？」

「いえ、逃げましょう。この数を相手に戦い続けるのは得策じゃないわ、奥にある階段から上がりましょう」

「了解、なら殿《しんがり》は俺が務めよう」

ガレスの問いにセリアは瞬時に逃走を決める。その判断に同意しながら俺が殿を受け持とうとするがそれに待ったを掛ける声があった。

「待って下さい。殿なら一番下である私が」

「お前のサラマンダーじゃこの密室で本気を出せないだろ？　それにこの建物を下手に傷付ける訳にもいかないしな。俺が適任だ」

サラマンダーは強力な精霊であると同時に使い辛《づら》い精霊でもある。

高位精霊には良くあることだが手加減しても尚《なお》火力が高過ぎるが故にこういう遺跡などの貴重な建築物の中での戦闘には向いていない。

間違っても壁画を黒炭にしようものならばどんなバッシングを受けるか分かったものではない。

「僕も残ろう。ベオウルフなら上手《うま》く戦える筈《はず》だ」

「……分かった、頼む」

ガレスの申し出に一瞬悩んだが確かにガレスの契約精霊ならばこの空間内でも問題無く

実力を発揮することができるだろう。加えて彼なら俺の事情を知っている為《ため》、こちらとしても特に気にすることなく戦うことができる。

「私も残――――」

「お前はセリアたちと行け」

トラブルメーカーも残るとか言い出したので即刻却下すると不満そうにしながらセリアに腕を引かれて後方へと下げられる。とそんなやり取りをしている間に魔法陣から黒い鎧《よろい》に身を包んだやけにふくよかな体型をした騎士らしき姿のガーディアンたちが一体、また一体と姿を現し始めた。しかも全員なんか背中に黒い翼を生やしてるけど、コイツらもしかしなくても天使ですか？

「ローク、これは……」

「男に二言は無しだ。やるぞ」

どう考えても遺跡を守るどころか破壊しに来てるとしか思えないような防衛システムに冷や汗を流しながらも俺は依代から剣精霊を呼び出す。

「来い、ベオウルフ」

ガレスが魔剣を鞘《さや》から抜くと同時に彼の契約精霊が隣に現れる。

普通の虎や獅子《しし》よりも一回り以上大きい巨体、灰色の獣毛に身を包み全身から冷気を放つその姿は雄々しくどこか不気味な美しさがあった。

氷狼《ひょうろう》ベオウルフ、それが彼の相棒である契約精霊の名だ。

遠距離攻撃から近接戦闘まで不得意無く戦える上に派手な大技を扱わずに戦えるベオウルフはまさに今の状況には打ってつけの精霊と言えるだろう。

「最初にベオウルフの一撃で道を作るから階段までダッシュ、その後は僕とロークで足止め。それで良いかい？」

「異議無し」

俺が頷くとセリアたちもそれで良いと首を縦に振った。

それを確認したガレスは剣を構えながらベオウルフに視線を向ける。

主の視線に意図を理解したベオウルフの身体《からだ》から霊力が溢《あふ》れ始める。

「それじゃ、カウントダウンを始めるよ。３……２……１……やれッ！　ベオウルフッ！」

「ガァァアアッ!!」

ガレスの指示と同時にベオウルフが遺跡全体に響き渡るのでは無いかと思うほどの大きな咆哮《ほうこう》を上げ、同時に俺たちのいる地点から階段まで２００メートルちょいの間に氷のトンネルが形成される。

「全員走れッ！　そこまで頑丈じゃ無いからすぐ壊される！」

ガレスの叫びと共に全員が氷のトンネル内を全速力で駆ける。同時にベオウルフは高く跳躍して侵入者を排除しようとハルバードのような武器を構えて迫ってくるガーディアンたちの足止めに入った。

「行け」

俺も攪乱《かくらん》用に依代から召喚した小鳥の風精霊を呼び出して契約を結ぶとそのままガーディアンたちへと向けて飛ばし、僅かに遅れて走り出す。

「ッ！　遅いッ！」

「えっ、きゃッ!?」

走り出してすぐ、決して遅い訳では無いが、それでも俺たちと比べて少しばかり遅れているレイアの下へと向かうと小さな身体をお姫様抱っこの形で抱えて再び全力で走る。

突然の出来事に困惑した様子を見せるレイアだが今は構ってられない。

「ローク。私も」

「今そんなこと言ってる場合か!?　お前速いんだから走れッ！」

「扱いの雑さに異議を申し立てる」

「元はと言えばお前のせいだろ!?」

霊力による身体能力の強化が周りと比べても抜きん出ている俺は前を走るリリーに合流すると、本日何度目か分からない不満げな表情を浮かべる。コイツ……マジで一回頭を叩いてやろうか!?

とそんなことを考えていると背後の氷が盛大に砕ける。どうやらベオウルフと風精霊で

対応し切れなかったガーディアンたちが迫って来たようだ。

もうリリーと下らない言い合いをしている余裕は無い。

「いいから走れッ!!　何なら今度してやるからッ!」

「うん、約束」

俺は背後の光景に悲鳴交じりに次の機会に抱っこすることを約束するとリリーは満足そうに頷いた。マジでこの状況でこんな話ができるリリーの胆力は凄《すさ》まじい。

「階段よ!　そのまま上ってッ!」

「レイア、降ろすぞ!　いけるなッ!?」

「は、はい!」

セリアの叫びに俺は抱き抱えているレイアに確認を取りながら視線を向ける。

かつて侮辱された男に抱っこされていたせいか彼女は顔を真っ赤にして怒ってるようだった。申し訳ないけど今は緊急時なので許してくれ、本当に。

そのまま降ろしたレイアを含めた三人が階段へと消え去っていくのを確認すると同時に氷のトンネルは完全に崩壊し、何体ものガーディアンたちがこちらへと向かってくる。

「いけるか、ガレス?」

「君に剣を教えたのは誰だと思ってる」

迫ってくるガーディアンたちを前に俺とガレスは互いに笑みを浮かべると剣を構えて迎

撃に入った。

「はぁッ！」

「ふッ！」

俺とガレスはそれぞれ眼前へと迫ってきたガーディアンに向けて駆け出すと振るってきたハルバードを躱《かわ》して、無防備となった胸元を目掛けてすれ違い様に剣を振るう。剣が鎧へと衝突してギィンという甲高い金属音を遺跡内に響かせるが、まるで手応えを感じられなかった。

「ッ!?」

「これは硬いなッ！」

俺たちが振り返ると同時に相手もこちらへと向き直ったので今しがた斬ったであろう鎧の部分へと視線を向けるが、胸元の鎧に一本線が入ってるだけでまるでダメージを受けている様子が無い。あれ、これやばくない？

「うおッ!?」

「ロークッ！　くッ!?」

そんな焦りを覚えている内にガーディアンが再び突っ込んできてハルバードを横薙《よこな》ぎに振るってくる。咄嗟《とっさ》に剣を盾にして攻撃を防ぐが勢いまでは殺し切れず、ハルバードに押し出されるような形で壁へと吹っ飛ばされる。クソ痛いがとりあえず壁画の方にぶつからなかったのは不幸中の幸いか。

ガレスは吹っ飛ばされた俺の姿を見て援護に回ろうとするが、すぐに襲ってきたガーディアンの攻撃を防ぐので手一杯になる。ガレスの精霊ならばどうかと視線をベオウルフの方へと向けるとベオウルフも数体のガーディアンを相手に危なげなく立ち回ってはいるがこちらを援護する余裕も無さそうだった。

ちなみに俺の風精霊は既にやられたらしい。いつの間にか簡易契約が切れている上に気配も感じられない。恐らくガーディアンに倒されて《元霊界《げんれいかい》》へ送還されたと考えるのが妥当だろう。

「やべぇな」

攪乱役が消えたことで俺に意識を向けたガーディアン二体がハルバードを構えて俺へと突っ込んでくる。一体目の大振りの一撃を右に跳躍して躱すと二体目が示し合わせたように俺の脳天をかち割るべく、ハルバードを振り下ろしてくる。

「ッ!!」

まともに受けたら腕が千切れると判断した俺は迫ってくるハルバードの柄部分の側面にタイミングを合わせて剣を当てることで軌道を逸《そ》らす。軌道が逸れて真横に直撃したハルバードの斧刃《おのば》は見事に轟音《ごうおん》を響かせながら地面を粉砕した。

おいおい、こらこら。

「ガーディアンが遺跡ぶっ壊してんじゃねぇッ！」

ツッコミを入れながら霊力を全身と剣へ送り込むと柄を強く握り、先程よりも力を込めた斬撃を横っ腹へとお見舞いする。

「ッ!?」

反応が遅れて刃をまともに受けたガーディアンは身体をくの字に曲げながら勢いよく出入り口の方向へと転がっていく。

「ちッ」

納得のいかない結果に思わず舌打ちをする。ぶった斬るつもりで放った一撃だったが鎧を砕くことしかできなかった。まだ威力が足りないらしい。

「苦戦してるね、ローク」

「うるせぇ、お前も人のこと言えないだろ」

「グルルッ！」

自らの不甲斐《ふがい》なさを嘆いているとガーディアンにぶっ飛ばされたらしいガレスが地面に剣を刺して勢いを殺して隣に並ぶ。更に奥で戦っていたベオウルフも主人の危機に壁を駆けてガーディアンたちを避けながら俺たちの前に立った。

その灰色の巨体は大きな傷こそ負っていないが所々に裂傷を負っており流石《さすが》に数体のガーディアンの相手はキツかったらしい。

いや寧《むし》ろ種族だけで言えば格上の相手なので裂傷を負うだけで済んでいるのはだいぶおかしいのだが……。というかよく見れば奥に二体ほど氷漬けになって転がっているガーディアンがいるし、まだ一体も倒せていない俺よりも間違いなく役に立っている。

流石はガレスの契約精霊といったところだろうか。

「さて、どうしようか。このままだとジリ貧だけど」

「だな、ましてや建物を気にしていたらキリないな」

前方に立ち並ぶガーディアンたちを見つめながら呟《つぶや》く。

出来るだけ遺跡を破壊しないように立ち回りたかったが、この数のガーディアンを相手にこのまま戦うとまず間違いなくやられる。

つーかこっちが遺跡を気にして戦っているのに本来の遺跡の守り手である筈《はず》のあっちが気にしないいってどういう事だ？　侵入者の撃滅に振り切り過ぎだろ。

「カッコよく啖呵《たんか》を切った手前、このまま撤退はしたくないね」

「だな、せめて戦闘不能状態には追い込みたいな」

思わず顔を顰《しか》める俺の横で苦笑しながらガレスが呟く。

カッコ悪いのは勿論《もちろん》だがコイツらがどこまで追っかけてくるかも分からない。できるだけ動けない状態にしないと後々に面倒なことになるだろう。

………これはやむを得ないか。

俺は息を吐いて覚悟を決めるとゆっくりと剣を構え直す。そして――――。

「業火《ごうか》の剣」

ふわりと俺の側《そば》で浮いていた火の微精霊が俺の剣精霊に宿りその刀身を赤く燃え上がらせる。

同時に凄まじい霊力が剣精霊から放たれ、その霊圧の強さにガーディアンたちが数歩後ずさった。

「温存するんじゃなかったのかい？」

「このまま斬り合っても倒せなそうだしな」

行ったのは微精霊による剣精霊への属性エンチャント技だが、正直初手からあまりこれを使いたくは無かった。この技は微精霊を通じて火属性の霊力を剣精霊へと流し込むだけの一般的な属性付与技なのだが、問題があった。

『業火の剣』は高位精霊にも通用する火力を出すために剣精霊が耐えられるギリギリまで膨大な霊力を流し込む為《ため》、霊力消費が激しい。加えて微精霊を仲介に使用する都合上、匙加減《さじかげん》を間違えると微精霊が耐え切れずに送還されてしまう為、集中力を必要とする。

連戦が想定されるこの状況でこの技を使用したくは無かった。

「相変わらず化物じみた霊力量だな」

「これが唯一の取り柄だからな。それよりちゃんと効くか試すから援護頼んだぞ」

「やれやれ」

呆《あき》れた様子のガレスに俺は笑いながら言うと返事も聞かずに一気に駆け出す。

赤い軌跡を描きながら迫ってくる俺を前に本能的に恐怖を感じたのか、後退しようとしたガーディアンたちは、けれど身体《からだ》を動かせずその場で体勢を崩した。

「ッ!?」

「騎士たる者が逃げるものじゃないよ」

動きを止めたガーディアンたちが足元を見れば自らの足がガレスの発動した霊術によって地面に接着されていた。流石、ナイス援護だ。

「油断大敵だな」

「ッ!!」

俺は動揺した様子で足元の氷を砕こうとするガーディアンの懐へと潜り込むと剣を素早く逆袈裟《ぎやくけさ》に斬り上げる。

動揺しながらも咄嗟に反応したガーディアンがハルバードの柄を盾にする形で斬撃を受けようとするがそれは悪手だった。業火の刃は僅かな抵抗もなく柄を焼き斬るとそのままガーディアンの胴体ごと真っ二つにした。

「まずは一体」

粒子となって元霊界《げんれいかい》に消えていくガーディアンを見送ることなく俺は跳躍する。

宙に炎の円を描きながら仲間がやられたことに動揺して無防備なガーディアンの頭上へと移動した俺は脳天から縦一閃《たていっせん》、二体目も斬り裂く。

「ッ!!」

瞬く間に二体の仲間を討たれたことに、地上にいたガーディアンたちが怯《おび》えたのか、翼をはためかせて上空へと逃走を図った。

「逃すかよ！」

氷を砕くのに手間取って他よりも僅かに逃げ遅れた個体に対して大振りに剣を振るい、炎を纏《まと》った斬撃を飛ばす。

狙いは僅かに逸れたがそれでも斬撃は右翼を焼き落とし、片翼を失ったガーディアンは地面へと落ちていく。透かさず追い討ちを掛けようと思ったが、背後から膨れ上がった霊力を感じ取って動きを止める。

その瞬間、俺の真横を一条の紫電が通り過ぎた。

「魔剣グラム、限定解放」

魔剣の力を解放したガレスはその刀身から凄まじい紫電を放つ魔剣を手にしながらガーディアンの着地のタイミングを狙って横一閃、雷鳴を鳴り響かせながら見事に胴体を斬り裂いた。

「君だけに格好付けさせる訳にもいかないからね」

「流石だ」

　ガレスの一撃に俺は感嘆の声を漏らしながら、迫ってきたガーディアンの一撃を跳躍して躱す。魔剣の力は勿論のこと素早く正確な斬撃をもって綺麗《きれい》にガーディアンの身体を上下真っ二つに斬り裂いてる。流石は俺の剣の師匠、かっけぇ。

「ォォオオッ！」

　立て続けに仲間がやられたことに憤ったガーディアンたちが雄叫《おたけ》びを上げながらガレスへと殺到するが忘れてはいけない。

　精霊師とは契約者と契約精霊、二人で一組なのだ。

「ガォアアッ!!」

　咆哮《ほうこう》を上げながら現れたベオウルフはガーディアンたちの頭上から鋭い爪の生えた前脚を頭部へとぶつけながら地面に押し潰す。更にはダメ押しとばかりに全身から放った冷気によってあっという間に氷漬けにした。

「相変わらず、良い契約精霊だなッ！」

　その光景を見た俺は顔面目掛けて迫ってくるハルバードの刃を伏せて躱しながら羨ましさ全開にして叫ぶ。

　ガレス同様に上空から突進してきたガーディアンたちによって袋叩《ふくろだた》きに遭っているが、俺はその全てを捌《さば》き切っていた。

ガーディアンのハルバードを振り回す速度と威力は確かに見事なものだが一方で技術に関してはだいぶお粗末なものだった。

こちとらガレスによって扱《しご》かれて技術ステータスを上げているのだ。この程度の力任せの攻撃ならば喰《く》らうことはまず無い。

「ォォオオッ！」

「っと」

攻撃が当たらないことに苛立《いらだ》ちを覚えたのか今までより荒く力任せな大振りの一撃を俺は剣の腹で逸らし、背後にいたガーディアンへとぶつける。

「グゴッ!?」

「ッ!!」

「そら、隙だらけ」

予想外の同士討ちに動揺するガーディアンの隙を逃さず俺は剣の柄《つか》を両手で持つと身体を捻《ひね》って一回転する。円状に炎の軌跡が描かれ、その間にいたガーディアン二体はその身を燃え上がらせながら地面に倒れ伏した。

「流石に疲れるな……」

倒せることには倒せるが一体を倒すのに使う霊力の消耗が激し過ぎる。俺は僅かに顔を歪《ゆが》めながら更に襲ってくるガーディアンたちに対して剣を構えた。

＊＊＊＊＊

「ローク、そろそろ良いんじゃないか？」

戦闘を続けて更に五分ほど経過した辺りで聞こえてきた声に視線を向ければガレスが丁度ガーディアンを斬り伏せたところだった。

紫電を身体に走らせるガレスだがその呼吸は荒く、顔にも若干疲れが見えてきた。

確かに時間も稼いだしガーディアンもある程度は倒した。俺たちもそろそろ撤退するべき頃合いだろう。

「そうだな、逃げるか」

ガレスの言葉に頷《うなず》きながら俺は依代《よりしろ》から二体目の微精霊――今度は土属性の微精霊――を呼び出した。

「よし、ベオウルフッ！」

俺が頷くのを確認したガレスはベオウルフを呼ぶと駆け寄ってきたその背中に軽やかに乗り、次いでこちらに向かって疾走してくる。

俺が右手を差し出すとその手を摑《つか》もうとしたガレスはけれども上空から迫ってきたガーディアンが振り下ろしてきたハルバードを防ぐ為に伸ばした手を戻して魔剣を両手で振る

う。

「ベオウルフッ！　摑めッ!!」

「ウゴッ!?」

それでも咄嗟《とっさ》にガレスは俺を捕まえるべく、ベオウルフに指示を出すと氷狼《ひょうろう》は俺の首根っこを咥《くわ》えて階段へと疾走する。アカン、苦しい。

「そのまま上れッ！」

「く、苦しい……」

ベオウルフにブンブン振り回されて呼吸困難に陥りながらも俺は階段に入る直前に霊壁に手を当てて霊術を発動させる。

土の霊術によって地面が隆起し、今しがた俺たちが入った上へと続く階段の入り口を完全に塞ぐ形となった。とりあえずこれで暫《しばら》くは追って来ないだろう。

「おいおい、そんなことして良いのか？」

「元から……こうなって……た」

「君って奴《やつ》は……」

俺の途切れ気味の言葉にベオウルフの背に乗るガレスが呆れた様子で笑う。

いや、そんなことはどうでも良いから降ろしてくれ。い、意識が………。

けれどガレスは俺の状態を深刻に思っていないのか、この思いが届くことは無く、ベオウルフは咥えた俺の足を床にぶつけながら先行した者たちと合流するべく駆けるのだった。

＊＊＊＊＊

今や精霊師なんて職業が生まれるほど人々の生活と精霊たちは密接な関係を築き上げているがその実、精霊についてはまだまだ謎が多い。

その中でも数少ない判明している事実として精霊には死が存在しないことが挙げられる。人間と違って精霊は膨大な霊力を帯びた霊体である為、傷を負っても彼らは死にはしない。代わりに現界を保てなくなる程の危機に瀕《ひん》すると、便宜上《元霊界《げんれいかい》》と呼ばれるこの世界とは別次元に存在する精霊たちのみが存在できる世界へと消え去ってしまうことが確認されている。

この現象を《送還》と呼び送還された精霊はこちらの世界で得た記憶や知識、経験等を全て失う他、どんなに高位の精霊であってもその格を微精霊にまで落とすことになる。

まぁ、この話を聞くと厳密には死という概念が存在しないだけでほぼほぼ一精霊としては死んだようなものだと思うかも知れないが少なくとも存在が消滅する訳では無いので精霊学の中では死と同義ではない。

人間で言うところの輪廻《りんね》転生《てんしょう》みたいなものと考えれば良いだろうか。

またこれらの事から全ての精霊は微精霊として元霊界《げんれいかい》で生まれ、こちらの世界にやって来て経験を積みながら長い時間を掛けて精霊としての格を上げていくというのが一般的な定説だが……ここら辺はまだ研究段階であり明確なことは分かっていない。

とにかくここで大切なことは精霊には死の概念は無いが送還されると微精霊にまで格が落ちると言うことだ。

契約精霊を除いて。

そう、ここまで話しといてこれは野生の精霊、また霊力による簡易契約で強制的に従わせている精霊だけの話なのだ。

契約精霊となると契約者と契約紋による繋《つな》がりによるものか、一時的に顕現こそ不可能になるものの契約者の霊力次第で平均して一日から二日程度の時間を掛ければ何事も無かったかのように復活することができる。

恐らくは契約紋を通して契約者に経験や情報を蓄積させている為《ため》と考えられているがこれも確かなことは分からない。

さて、前置きが長くなったがつまり何が言いたいかというと——。

「あんだけ頑張って倒したのに一日も経《た》てばアイツら全員復活するのかよ……」

「まぁ、これがガーディアンの恐ろしいところだよね」

どうにか意識を失う前にベオウルフの背に移動することに成功した俺とガレスはガー

ディアンについて話していた。

　俺たちが頑張ってぶっ倒したあのデブ騎士どもは全員明日には復活しているということである。ああ、この世は何と残酷なことだろうか。

　というのもガーディアンたちは全員が守護する古代遺跡の契約精霊のような存在なのでぶっ倒してもぶっ倒しても次の日には元気一杯にまた襲い掛かってくるのだ。

　これが遺跡の調査が進まない大きな要因の一つだ。

　ある程度遺跡をぶっ壊せばガーディアン関係は全て解決するがそうすると今度は遺跡の調査ができなくなるという本末転倒なことになるのでそれもできない。

　つーかいくら古代の技術の賜物《たまもの》とはいえ、無機物ですら精霊と契約できているのに未《いま》だにどの精霊とも契約できない俺って……。

「ローク、上の階に着くぞ」

「ああ」

　螺旋階段《らせんかいだん》を上り切り二階へと続く扉が目の前に迫ってきて――――迫ってそのまま停止することなくベオウルフは勢いよく扉に突っ込んだ。おいこらちょっと待てや。

「ぐほッ!?」

　扉を粉砕すると同時に急停止したベオウルフのせいで、慣性の法則により俺は砕けた扉と共に床を転がる。そのままゴロゴロと床を転がると頭部に何か柔らかい感触を感じる。

「痛っ……」

あのクソ狼《おおかみ》、と内心で文句を言いながら顔を上げると薄暗い視界の中に三角状の白い布が入った。

んん？　何だこれは？

俺は訝《いぶか》しげに思いながら目を細めて白い布をジッと見つめる。

白い布の表面はよくみればレースのようなものが編み込まれている他、多少の装飾も付けられておりどことなく扇情的ながらも清楚《せいそ》感《かん》のある模様だった。

暫く何だろうかと首を傾《かし》げていたが目が暗闇に慣れたことで視界に入った左右の艶《あで》やかな白い肌を確認して俺はようやく全てを理解するに至った。

……………そうか、そういうことか。

すぐ頭上から荒ぶる霊力を感じ取った俺は静かに息を吐いた。

とりあえず起きてしまったことは仕方ない、今更どうすることもできない。大切なのはここから俺がどう挽回《ばんかい》して生き残るかだ。少なくとも自らの意志でここに飛び込んだ訳では無い以上、情状酌量の余地はある筈《はず》だ。

俺は覚悟を決めると暗闇、否、スカートの中からゆっくりと顔を出した。

「…………」

「…………」

顔を出してまず視界に入ったのは美しい銀色の髪、次にリンゴの如《ごと》く赤く染まったレイアの端整な顔立ちだった。必死に平常心を保とうしているのだろう、無表情を貫こうとしているが身体《からだ》はプルプルと震えているし、目は焦点があっていない。加えていつの間にか彼女の背後に現れた赤竜サラマンダーが「俺の主人に何してくれるんじゃ」と言わんばかりの眼光で睨《にら》み付けている。

よりによって一番駄目な相手のスカートに頭を突っ込んでしまったらしい。

――そう言えば姫さんは下着姿見られても全然恥ずかしがらなかったな。

ふと脳裏を過《よぎ》る過去の記憶。

前に一度だけ誤ってミーシャの下着姿をガン見してしまったが彼女は羞恥心が無いのか、はたまた自分のプロポーションに自信があるのか全く恥ずかしがらず寧《むし》ろ堂々としていた。

と昔のことを思い返して刹那の現実逃避を終えた俺は眼前で口腔《こうこう》に燃え盛る炎を溜《た》め込み始めたサラマンダーを見て諦観の微笑《ほほえ》みを浮かべる。駄目だ、お終《しま》いだ。

「………君の白い下着を見たことは申し訳なかった。けれどあれは完全に事故であり、そこに俺の意志が介入していないことを理解して欲しい」

「……き……きゃぁぁぁあああああああああ！？！？！？」

最後の抵抗とばかりに謝罪を試みたが、可愛《かわい》らしい悲鳴を上げる彼女の耳には届いていなかったのだろう。せめて焼き加減はレアでありますようにと願いながら俺はサラマン

ダーの口腔から放たれた炎を浴びるのだった。

＊＊＊＊＊

「とりあえず無事に合流できて良かった」

「さっき無事じゃなくなったけどな」

セリアが皆を見回してホッとした様子で話す中で俺はヒリヒリとする身体をリリーに霊術で治療されながら呟《つぶや》いた。

セリアは苦笑を浮かべ、俺をこの様にした犯人である後輩は羞恥と罪悪感が入り交じった気まずげな表情を浮かべながらそっぽを向いていた。

正直、思うことが無い訳では無いが、あんなことがあった後では責めることもできず俺は静かにリリーの治療を受け続けていた。

「アレは君が悪いよ。レイアさんのせいにするな」

「元はと言えばお前のクソ犬のせいだろ」

「ドンマイ」

こうなった元凶の飼い主の言葉に震えているると横で治療をしていたリリーがそう言って俺の頭を撫《な》でてくれた。

その優しさが俺の涙腺に来る。というかガレスの奴はちゃっかり綺麗《きれい》に着地しているし、マジで何で俺だけ……。

現在、俺たちは先程の一階から階段を上って二階の広間へと辿《たど》り着いていた。色鮮やかなステンドグラスが張り巡らされたこの場所にトラップやらガーディアンは確認できなかったようで一時的な拠点として先行組はここで俺とガレスを待っていたらしい。

「それで下での戦闘はどうなったの？」

「とりあえず大方は送還させたけど流石《さすが》に全てを相手するのは無理だからね、途中で逃げてきたよ」

「なるほど。追跡は？」

「追ってきてはいたけど、俺が霊術で階段を塞いだからな。来るにしても多少は時間が掛かる筈だ」

「つまりすぐに追手が来ることは無いってことね」

俺たちの下の階での出来事を確認したセリアは頷《うなず》くと顎に手を当てて次の動きを考える。

このパーティのリーダーは彼女だ。全ての選択権は彼女にある。

仮に危険と判断して撤退と言えば撤退するし、進めと言えば進む。個人的には既に帰りたい気持ちが強いが……恐らく進むことになるだろう。

「それじゃ再び班を二つに分けましょう。二人はここで待機と追手の迎撃、残り三人で先に進んで引き続き調査。何か意見は？」

「メンバーは？」

「待機メンバーは休息も兼ねてガレスくんとリリー、調査メンバーは私とロークくん、それからレイアちゃんの三人で先に進もうと思うけど何か意見はある？」

「異議あり。なんで俺が待機メンバーじゃないんですか？」

しれっと調査メンバーに加えられた俺は手を挙げて早速意見を述べる。

何故《なぜ》ガレスは休憩も兼ねて待機メンバーなのに俺は調査メンバーに加わっているんだ。

「だって契約精霊呼んでないし、余裕あるでしょ？」

だからいねぇんだよ、その契約精霊が。

けれどそれをハッキリと言う訳にもいかず俺は一瞬言葉に詰まった。

「いや、それは……。けどそれならガレスだって既に充分動けるだろ？」

「僕は魔剣を使ったからね。アレは僕の霊力じゃないと使えないから正直休みたいというのが本音かな」

そうだった。コイツの持つ魔剣グラムは使用者本人の霊力じゃないと発動できない上に燃費が悪いんだった。

「いやけど、それならリリー連れてけよ」

「この子はちょっと……危なっかしくて」

何とも言えない表情で理由を述べるセリアにレイアが気まずげに同意を示す。どうやら俺たちがいない間にもリリーはしっかりと暴れたらしい。

「お前……」

「知的好奇心を抑えられなかった。反省はしてる、けど後悔はしてない」

「あ、あの、お陰でこの部屋の安全は確認できたので」

俺の視線を浴びたリリーが堂々と宣《のたま》うと見兼ねたレイアがフォローを入れてくれた。

お前、後輩にフォローされて恥ずかしくないんか？

「…………」

「……え、あの……何か……？」

「…………」

リリーは自分をフォローしてくれたレイアを無言でジッと見つめる。

レイアが先輩からの無言の視線に困惑した表情を浮かべる中、やがてリリーはペコリと一度頭を下げた。どうやらリリーは庇《かば》ってくれた礼をしたかったようだ。

「お礼は口頭で伝えなさい」

「うぐ……」

俺が軽くリリーの頭を叩《たた》いて注意をするがそれでも尚《なお》、リリーは呻《うめ》き声《ごえ》を漏らすだけで礼を言うことは無かった。マジでコミュ障極まっている。

「あっ、あの私は全然気にしてないので大丈夫です」

苦笑気味にリリーをカバーするレイアの姿を見ていると、改めて俺にだけやたらと辛辣だなと思えた。やはり新入生歓迎戦の一件が尾を引いているのだろうが、何とかならないものか……。

「とりあえず話を纏《まと》めるけど四人ともさっきのメンバー編成で大丈夫？」

セリアからの最終確認に三人は肯定の頷きをもって返す。俺もぶっちゃけ霊力結構消費したから休みたいんだけど流れ的にノーと言える雰囲気でも無いので俺も僅かに遅れて頷き同意を示した。

「それじゃロークくん、少しだけ休んだら向かうからよろしくね」

「了解」

「先輩の契約精霊、今回こそ見せて欲しいですね」

「ハハハ……」

いないものを見たいと要望してくるレイアの言葉に俺は乾いた笑いを返すことしかできない。胃がキリキリと痛くなってくるのを感じながら俺は壁に背を預けて暫《しば》しの休憩に入るのだった。

そんな俺の様子をジッと見つめる視線には終《つい》ぞ気付かずに……。

第三章　邪霊の暴威

「さて、そろそろ行こっか」

「はい」

「うし」

セリアの言葉にレイアと俺はゆっくりと腰を上げる。休息も終え、いよいよ出発の時間だ。

「それじゃ、ガレスくんもお願いね」

「ああ、リリーは見ているよ」

「お土産よろしく」

「何を？」

リリーをここに置いていくことに一抹の不安はあるがガレスがいるので多分、大丈夫だろう。まぁ、言うてコイツも割とはっちゃける方だけど。

「それとローク」

「ん？」

「これ、持っていくと良い」

やっぱりあまり安心できないなと改めて思いながらも進むべく歩き出そうとすると去り際にガレスが何かを放り投げてきた。

これは……。

「お前、何でこんなの持ってるの？」

「一応必要になるかなと思って念《ねん》の為《ため》に持ってきていたんだけど、君の方が必要になりそうだからね、使うと良い」

「分かった。有難く貰《もら》っとく」

ガレスに礼を述べながら渡されたものをポケットにしまうと俺は改めて待ってくれていた二人に合流する。

「それじゃ、私が先行するからロークくんは殿《しんがり》を宜《よろ》しくね」

「了解」

セリアを先頭に俺たちは奥にある扉まで進むと扉の取っ手に手を掛け、そのまま勢いよく扉を押して次の部屋へと侵入した。

「……不気味な部屋ね」

最初に中へと入り込んだセリアが周囲を見回しながら呟く。確かに中に入ればその様相がこれまでの部屋とはだいぶ違うことは一目瞭然だった。

篝火《かがりび》の灯《とも》った薄暗い部屋、奥には先へと続くであろう巨大な扉があり、両壁には一階と同じように壁画が描かれていた。

ただ描かれていた女神は最初の神秘的な雰囲気とは打って変わり大地へと手を翳《かざ》し、大地を黒く染め上げるという、どこか奇妙で不気味な描かれ方をされている。

これまでの部屋が女神の美しさを象徴する為の部屋だとしたら、ここは女神の恐ろしさを象徴する為の部屋とでも言えば良いだろうか。

とにかく、見ていてあまり気分の良い絵では無かった。

「月の女神は大地に何をしているんでしょうか？」

「分からん。けど少なくとも恵みや慈悲では無いだろうな」

寧《むし》ろ災いを撒《ま》いているようにすら見える、とレイアの疑問に俺は答えながら思う。

仮に良いことならこんな黒色を使いはしないだろう。少なからず大地にとって害のあることを行っていると考えて良い筈《はず》だ。

「この遺跡は女神の神殿だって話もあるし、敬わせる為に敢《あ》えてこういう恐怖を感じさせる絵を描いたのかもね」

セリアは言いながらカシャリと写真機で学院への提出用に壁画の写真を撮っていく。

今回の遺跡の探索は歴史研究家たちからの学院を通しての調査依頼の側面もある為、リーダーであるセリアはこうしてちょくちょく資料用の写真を撮影していた。

「けど本当に謎が深いわね。この部屋の構造も建物を見れば有り得ない筈なのに」

セリアの言う通りこの奥行きや横幅の部屋など、外から見た形状から考えれば存在するスペースなど無かった。けれど現に扉を開けた先にこうして広々とした空間が存在している以上、何かしら特別な力が働いているとみて間違いないだろう。

尤《もっと》もどのような力によるものかは皆目見当も付かないが……。

「恐らく何かしらの霊術が使用されているのだとは思いますが……ッ！」

意見を述べようとしたレイアの言葉を遮る形で突然、奥に存在している巨大な扉が音を立てながら開いた。

何事かと視線を向ければ扉から、先程俺とガレスで迎撃した背に黒い翼を生やした騎士姿のガーディアンが三体ほど部屋へと入ってきた。

基本的には今までのとその姿形は変わっていないが、俺たちが戦った奴《やつ》らよりも鎧《よろい》に傷があったり翼も一部の羽根が欠けていたりとその様子に何だか違和感を覚える。

「ロークくんたちが戦ったガーディアンと同じ奴らだね」

「ああ、見たところ間違いない」

まぁ、手負いだろうがこちらには関係ない。片付けるべく依代《よりしろ》を取り出そうとすると一歩前に出たセリアが俺を手で制した。

「ロークくんは下がってて。下で頑張ってもらったし、ここは私が相手するよ」

「セリア先輩、私も」

「それじゃ、最後だけお願いしようかな。とりあえず最初は私だけでいいよ」

どうやら俺は戦わなくて良いとのことらしい。まぁ、彼女の実力を考えれば一人でもあの数ならば問題無いだろう。大人しく後方で彼女たちの活躍を見学させて貰うとしよう。

「セリア、そいつら基本的には手に持っている武器での近接戦闘しか仕掛けて来ない。ただ鎧が硬いから気を付けろ」

「情報ありがとう。なら接近させずに片付けますか」

呟《つぶや》きに応じてセリアの手の甲に描かれた契約紋が輝きを放つ。すると彼女の隣に緑色のドレスを纏った一人の小さな幼女が現れた。

容姿こそ幼い女の子そのものだが、彼女から放たれるその人外じみた強大な霊力を感じ取ればその評価は一変するだろう。

「セリア、仕事か？」

「ええ、ドリアード。目の前のあの騎士たちをお願い」

「うむ、心得た」

主人の指示に応じたドリアードは両手を掲げた。するとその細く小さい腕から大量の木々が生えて小さな森の如《ごと》く緑を生み出すと、その全てがドリアードの意思に従って眼前にいる騎士たちへと勢いよく迫っていく。

一瞬にしてこの部屋を覆うほどの木々を展開し、加えて枝の一本一本小枝に至るまで手足のように操る精密さを誇るドリアードは木精霊の中でも間違いなく上位に位置するだろう。

あっという間に周辺を緑で覆い尽くしながら向かってくる木々を前にして騎士たちは慌てて翼を広げて宙へと退避しようとするが、どこか精彩を欠いた鈍重な動きをする彼らは瞬く間にその四肢を木々に絡め取られていく。

「ッ！」

「ッ!?」

「その程度では儂《わし》の拘束からは逃れられんぞ～」

二体のガーディアンは碌《ろく》な抵抗も出来ずに拘束されたが、残った一体の騎士は枝の拘束からなんとか逃げ切るとハルバードを振り回して迫り来る木々を粉砕していくが、一本砕けば二本、二本砕けば四本と砕いた側《そば》から更に倍の量になって迫ってくる木々を前にしてすぐに限界が訪れた。

「ッ!?」

「詰みじゃな」

必死に抵抗していた最後の一体も武器を振るっていた腕に枝が巻き付いたことで動きが鈍った隙に包み込むかの如く殺到する木々の群れに呑《の》まれ、数分後には全身を拘束されて動けなくなった。

「……!?……!?」

全身を木々に絡め取られて情けない格好で動けなくなっている騎士の姿は何というか……見るに堪えないというべきか、とにかく直視することが憚《はばか》られる光景だった。

「ほい、いっちょ上がり」

「ドリアード、お疲れ様」

「やめい、頭を撫《な》でるな」

一仕事終えてふぅと息を吐く己の契約精霊を労《ねぎら》おうとセリアが頭を撫でるが、ドリアード自身はあまり嬉《うれ》しくないようで嫌そうに顔を顰《しか》めながら呟く。

俺は自分が苦戦したガーディアンたちを瞬く間に無力化したセリアとドリアードの実力に思わず感嘆の息を漏らした。

「流石《さすが》だな、何なら一階もセリアに任せた方が良かったかな？」

「冗談、あの数の相手は私でも流石に無理よ。数体だからできたことだし、それにまだ拘束しただけだしね」

「だけって、もうどうとでもなるだろ」

謙遜するセリアだが既に翼に至るまで拘束されているガーディアンは全く身体《からだ》を動かすことができず、ここまで来れば火力さえあれば流れ作業で片付くだろう。

「それじゃ、レイアちゃんお願いね。できれば上からで」

「分かりました、サラマンダーッ！」

そして火力となればこちらには期待の新入生首席がいる。

「ガァッ!!」

レイアの頷《うなず》きと同時にバサリと風が吹き、ガーディアンたちの頭上へと呼び出された赤竜が舞い上がった。

天井ギリギリを飛ぶサラマンダーは大きく息を吸い込み、膨大な霊力を溜《た》め込んでいく。周囲の空気が急激に熱されていく中でサラマンダーは口から火の粉を漏らしながら眼下のガーディアンたちを睨《にら》み付ける。

「セリア、指示通り床も木々で覆ったが多分あれは防げんぞ」

「まぁ、壁画さえ守れれば床はある程度なら問題無いし良いよ。ってことでレイアちゃん思いっきりやっちゃえ」

木々で部屋全体を覆ったドリアードが宙で霊力を溜めるサラマンダーを眺めながら指摘するがセリアは問題無いと笑いながらレイアにトドメを頼んだ。

「はい、セリア先輩。防御はお願いしますね」

「えっ？　防御？」

「やれ、サラマンダーッ！」

「ガァァァアアアッ!!」

困惑するセリアを無視してレイアは指示を下す。

主人からの命にサラマンダーは溜めた膨大な霊力を炎へと変換すると眼下に向けて顎を開き、その溜めた業火を解き放った。

「なッ!?」

「きゃッ!?」

サラマンダーから放たれた炎は一瞬にしてガーディアンたちを拘束する木々ごと呑み込むと床を赤く染め上げ、更に余波の熱波が周囲へと拡散してこちらに迫ってくる。

絶対にやり過ぎだ。俺が硬いからとか余計なことを言ったせいかも知れないが、にしてもここまでしなくても普通に倒せる。この後輩には一か十しか無いのだろうか……。

「これは凄《すさ》まじいの」

あまりに凄まじい火力にドリアードが戦慄しながら木々で壁を作って俺たちを守った為に直接熱波を浴びることは無かったが、それでも熱気が露出した肌をヒリつかせた。

「なんて火力だ……」

目の前の光景を眺めながら改めてサラマンダーの恐ろしさを実感する。俺の業火の剣の最大出力でもあそこまでの火力は出せないだろう。

流石は最高位に属する竜種の精霊なだけはある。精霊自身の持つ霊力量と瞬間的な火力は他の精霊たちと明らかに一線を画している。

つーか今更だけどマジで俺よくアレに勝てたな。

試合序盤から中盤までは名門貴族あるあるの油断と慢心のお陰で無駄な霊力を消費させられたからどうにかなったが多分、次やったら普通に消し炭になるな。

俺がそんなことを思う傍ら、熱波が収まったタイミングでドリアードが木の壁を解除すれば眼前には炭となってボロボロになった真っ黒い木々が残っているだけでそこにガーディアンの姿は跡形も無かった。考えるまでもなく送還されたのだろう。

「あはは、凄《すご》いねぇ。けどもうちょっと抑えても良かったかな？」

「えっ？　あ、すみませんでした。つい……」

木で炎を防いだから良いものの黒焦げになった部屋を前にセリアが苦笑いしながら暗にやり過ぎだと伝えるとレイアはやり切った顔から一転、シュンと申し訳なさそうに顔を俯《うつむ》かせた。

この子もしかして割とポンコツか？

というか前々から思っていたが、この後輩は自身と契約精霊のどちらも霊力量が多いせいであまり霊力消費を気にしない傾向がある。

前回戦った時もバンバン霊力消費の激しい霊術を使わせながら長期戦に持ち込んだおかげで勝てたし、意外と後先を考えずに霊術を使う悪い癖があるのかも知れない。

「まぁ、ガーディアンは倒せたし壁画も無事だからそんなに気にしなくても大丈夫！　ほら、元気出して次行こう！」

「は、はい。分かりました、頑張ります！」

セリアが気落ちした後輩を励ましながら扉を指差して先を促すと、レイアはまだ若干暗いながらも気持ちを切り替えたようで頰を叩《たた》いて気合いを入れ直す。

「ロークくんも、頼りにしているから宜《よろ》しくね？」

「ほどほどに頼りにして下さい」

何なら俺の方が君たちを頼りにしているから頼むよ。本当に。

そんなことを思いながら次の扉へと手を掛けて更に先へと足を踏み入れると今度は二階の広間と同じく色鮮やかなステンドグラスに覆われた空間が視界に入った。

それこそ一瞬、前の部屋に戻ってきてしまったかと錯覚したが、どこまでも高く終わりの確認できない天井を見上げることで先程と違う部屋であることを確信した。

「扉が無いね」

ぐるりと周囲を見回したセリアは扉が無いことを確認して呟く。

「行き止まりでしょうか？」

レイアが行き止まりの可能性を口にした。確かに俺も一瞬そう思ったが、にしてはこのやたらと高過ぎる天井が気になった。

「上が気になるの？」

「でしたらサラマンダーに乗って上に行ってみますか？」

「…………いや、ちょっと待て」

レイアからの提案に頷こうとした時だった。最初に俺が、僅かに遅れてセリアが、更に少し遅れてレイアが気付いた。

「この霊力、何か来る？」

「ふむ、再び出番か」

セリアの隣に立つドリアードが俺たちを覆うように木々を生やし、上から高速でこちらに迫ってくる複数の霊力を迎撃できるように備える。

「またガーディアンですか」

そのまま見上げていると視界に俺たち目掛けて高速で落下してきている数体のガーディアンを視認したレイアがどこか気の抜けた声音で呟いた。

確かに向かってくるでっぷりとした騎士姿の精霊はついさっき彼女たちが片付けたばかりのガーディアンと何一つ変わらない姿だが、何か様子がおかしい。いや、というよりもこの感じは…………ッ!?

「二人とも後ろに下がれッ！」

「ぬッ！　これはッ！」

「え……」

俺が叫びながら後方へと下がると同時にドリアードも理解したのだろう俺の言葉に二人が反応する前に自身を木々で覆い、迎撃用に備えていた一部の枝で二人の身体を摑《つか》むと後方へと放り投げた。

直後、ガーディアンたちは文字通り弾丸となって先程まで俺たちがいた場所へと降り注ぎ、ドリアードの展開した木々ごと周辺を粉砕した。

＊＊＊＊＊

衝撃と共に視界を覆うように舞い上がった粉塵《ふんじん》をロークは風の微精霊と契約することで突風を起こして吹き飛ばす。

「なッ!?」

砂煙が消えた後に視界に入ったのは身体が床にめり込んでひしゃげているガーディアンの姿だった。少なからず高位精霊を相手にできるほどの実力を持っていたガーディアンたちがなす術《すべ》無く床と一体化している姿にレイアとセリアは思わず驚愕《きようがく》の声を漏らした。

「一体何が……」

「上だ」

二人と同様にロークも困惑していたがそれも一瞬、直《す》ぐに敵の気配を察知すると剣精霊を呼び出し、視線を上へと向けた。

ガーディアンを送還させた相手はロークたちの頭上、遥《はる》か上からふわりふわりと空気が抜けていく風船のようにゆっくり舞い降りてきた。

一対の翼にも見える大きく水平に広がった胸ビレを波立たせるその巨体はエイを彷彿《ほうふつ》とさせる。ふわりと宙に浮かぶその姿はどこか能天気さを感じさせるが、一方でその身に纏《まと》う霊力は強大で――――とても禍々《まがまが》しかった。

「アレは……まさか《邪霊》？」

「だろうな、この遺跡の何かに惹《ひ》かれてきたか」

唖然《あぜん》としながらも闇属性特有のその禍々しい霊力によって精霊の正体を素早く看破するセリアにロークは冷や汗を流しながら頷いた。

まさかこの遺跡に野生の邪霊が紛れ込むとは……。

しかも一目見ただけでも相当高位だと分かるほどの霊力……単純な精霊の格で言えば、それこそガレスのベオウルフやドリアードにすら引けを取らないだろう。

「撤退ね。流石にアレを相手にする気は無いわ」

「同感だ」

セリアの即断にロークは同意する。どう考えてもこんな場所で真っ向から相手にするような敵では無い。

「サラマンダーッ！」

「ガァァアアッ！」

どうやって逃げようかとロークが思考する間に先制して仕掛けたのはレイアだった。呼び出されたサラマンダーは現れるや否や邪霊を目掛けて炎を吐き出した。

竜の口腔《こうこう》から吐き出された業火は一瞬にして邪霊のいる上空を赤一色で埋め尽くし、熱気が辺りを包み込んだ。

「ナイスだ、レイア。今の内に引くぞ」

流石《さすが》に倒せていないだろうが、それでも充分目眩《めくらま》しにはなっている。逃げるなら今が絶好のチャンスだろう。

「ですが、アレを野放しにしても」

「頑張ればどうにかなるかも知れないが、今無理して戦う相手じゃない。それに見たところガーディアンとは敵対しているようだし、その内勝手にやられるさ」

いくらあの邪霊でも延々と湧き出るガーディアンたちを前にすれば霊力切れで力尽きることは想像に難くない。ここは無視して大人しく引くのが吉だ。

「……しかし」

けれどそのロークの判断にレイアは思わず歯噛《はが》みする。

この世界にとって悪魔と並んで危険な闇に属する存在、邪霊。

判断としては正しいのだろうが、それでもヴァルハートの貴族として一精霊師として、眼前の邪霊を放置して逃げることはしたく無かった。

「二人ともッ！」

「ほら、早く走れ！」

「……はい」

それでも先輩たちの言葉に従おうと僅かな逡巡《しゅんじゅん》の後に自分の意志を曲げて頷《うなず》くレイアだったが――この状況に於《お》いてその僅かな逡巡が命取りとなった。

僅かに視界が歪《ゆが》んだかと思えば、突然身体《からだ》が重しを括《くく》り付けられたかのように重くなり、思わずそのまま床に倒れ込んでしまう。

「きゃッ!?」

――これは何をッ!?

「く……ッ！」

「ちぃッ！」

耳に入ってきた苦しげな声にレイアが視線を向ければ自分と同じようにまるで床に引き寄せられているかのように倒れ込んでいるセリアと片膝を突きながらも何とか必死に抵抗をしているロークの姿があった。

そしてそれは精霊たちも例外ではなく、倒れてこそいないものの彼らも上からの圧力に身体が床へと沈みかけていた。

「ォォォオオオオオオッ！」

上空から響き渡る重低音の鳴き声に視線を向ければ炎の中から傷一つ負っていないピンピンした様子の邪霊が胸ビレをはためかせながら姿を現した。

「おのれッ！」

その姿を見て激昂《げきこう》したのはドリアードだった。彼女は圧力に耐えながら床に手を突くと周囲から大木を幾つも生やした。ドリアードは邪霊を睨《にら》み付けるとその全てを邪霊目掛けて槍《やり》のように伸ばしていく。

真っ直ぐに邪霊へと突き進んでいく大木の群れに直撃を確信したレイアだったが、彼女の予想に反して木々は、その全てが邪霊の眼前で不自然に軌道を変えて邪霊の身体の真下を通り過ぎていった。

「ぬッ！」

「重力か……ッ！」

今の光景を見たロークが邪霊の力に当たりを付ける。今自身に掛かっているこの圧力と先程の光景からしてあの邪霊は霊術によって重力を操っていることはほぼ間違いないだろう。けれど相手の能力の正体が分かったところで状況を改善できる訳では無い。邪霊による霊術の拘束は非常に強く、自力で破るにしても拘束が緩まない限りは身体を動かすことさえままならない。

「くッ！　サラマンダーッ！」

「グォオオオッ!!」

その状況を変えるべく動いたのはやはり精霊だった。

レイアの指示の下、全身から霊力を放って無理矢理霊術による拘束を破ったサラマンダーは雄叫《おたけ》びを上げながら翼を大きくはためかせると炎を纏って邪霊へと突撃する。

眼前に迫ってくる赤竜を前にして邪霊から霊力が溢《あふ》れる。

邪霊が再び霊術を発動してサラマンダーを床に落とそうとするが、サラマンダーは全身に掛かる強烈な重圧に耐えるとそのまま邪霊に肉薄する。

「ガァァアアッ!!」

サラマンダーは腕を振り上げるとその鋭い鉤爪《かぎづめ》に炎を纏わせ、邪霊の顔面へその顔を焼き裂くべく振り下ろす。

けれど鉤爪が振り下ろされる直前で邪霊も次の霊術を発動して闇の霊力による障壁を眼前に展開、鉤爪は障壁に阻まれる形となった。

ギィンという金属音にも似た甲高い音が空間に鳴り響き、高密度の霊力同士の衝突によって発生した衝撃波により周囲のステンドグラスが光を放ちながら砕け散る。

サラマンダーの一撃は邪霊にダメージを与えるには至らなかったが、それでも霊術による拘束は緩んだ。

この瞬間を逃すまいとロークは身体からありったけの霊力を周囲に放ち、サラマンダー同様に無理矢理拘束を解く。

「颶風剣《ぐふうけん》ッ！」

ロークは動けるようになるや否や微精霊による剣精霊の強化を発動させた。

業火の剣と同じく膨大な霊力を消費する強化霊術は彼を覆うように吹き荒れる暴風となってその凄《すさ》まじさを示した。

「らァァアアアッ！」

気合一閃《いっせん》。ロークは剣を掲げて刀身に周囲の風を集約させると声を荒らげながら剣を振り下ろし、刀身に纏わせた高密度の風を斬撃として邪霊へと放った。

「ッ!?」

サラマンダーの攻撃を凌《しの》いでいた邪霊にガラス片を吹き飛ばしながら迫ってくる風の斬撃を避ける術は無く、斬撃をモロにその身体で受けることになった。風の斬撃を浴びた邪霊はそのまま身体をくの字に曲げ上空へと吹き飛ばされる。

「拘束が解けた。流石はロークね、助かったわ」

「相変わらず其方《そなた》、人間離れした霊力量じゃな」

「お褒めの言葉は素直に受け取るけど、今の内にさっさと逃げよう。多少はダメージを食らっているだろうけど絶対ピンピンしてるぞアイツ」

拘束が解かれたことにより完全に動けるようになったセリアとドリアードにロークはそう話しながらずっと険しい表情で視線を上へと固定していた。

「そうね、レイアちゃんも行くよ！」

「は、はい！」

拘束が解けたにもかかわらず惚《ほう》けて固まっていたレイアはセリアの声にハッとすると慌てて頷き出口へ向かって再び走り出す。そして同時に先程のロークの姿が脳内でフラッシュバックする。

契約精霊を介さない霊術でありながらとても高度な霊術だった。前に自分と戦った時もそうだったが彼は複数の属性において高度な霊術を扱う。

基本、精霊師の霊術の技量は自身の契約精霊と同じ属性の霊術に偏りがちだが、彼にはそれが見られない。

――契約精霊が複数属性の持ち主？

それならば納得はいく。数は少ないが確かに中には複数の属性を宿している精霊もおり、納得はいくが……どうにも腑《ふ》に落ちないというのがレイアの感想だった。

この遺跡探索が終わった後に話を聞いてみようかと、そう思いながらレイアはドアノブに手を掛けて一つ前の部屋へと入り込む。僅かに遅れてセリアも中へと入り込み、最後にロークが入ろうとしたタイミングで再び邪霊の霊術が彼を襲った。

「ちッ！　またかッ!?」

迫り来る重力を感じ取ったロークは咄嗟に剣を盾にし、風を展開することで霊術の威力を下げようと試みるが、吹き飛ばされたことに怒っているのか放たれた霊力の威力は今までの比では無かった。

咄嗟に防御して潰れることは免れたがあまりの威力に警戒していたサラマンダーも抵抗しきれずローク目掛けて勢いよく落下してくる。

「くッ！」

このままではロークがサラマンダーの下敷きになって潰されると判断したレイアが精霊の顕現を解いたことで最悪の悲劇を回避することはできた。

尤《もっと》も回避できたのは最悪のみだが。

「なッ!?」

重圧に剣と風を盾にして何とか耐えていたロークだったが、先に床の方に限界がきた。

ビキビキと砕けるような音を鳴らしながら床にヒビが入り――――やがて音を立てて崩壊した。

「ドリアードッ！」

咄嗟にセリアが叫ぶ。彼女の意を汲《く》んだドリアードは落下するローク目掛けて腕から木を伸ばすが、木の伸びるスピードよりもロークの落下速度の方が圧倒的に速く、その先が彼の手に届くことは無かった。

「ローク先輩ッ!?」

「ッ！　下がりなさいッ！」

僅かに遅れて落下していくロークを救うべくレイアがサラマンダーを呼び出して助けに向かわせようとするが刹那、セリアが腕を摑《つか》み思いっきり背後へと引っ張った。

突然の先輩の理解できない行動に何をと困惑する間も無く先程までレイアがいた場所に巨大な岩が弾丸のような勢いで着弾し、扉ごと粉砕した。

「重力で落下する瓦礫《がれき》を加速させたのね」

「それよりセリア先輩、ローク先輩がッ！」

レイアは焦りながらセリアに告げる。岩石によって視界が遮られて扉の向こう側がどうなっているのかは見えないが、助けられなかったロークの末路を想像するのは決して難しいことでは無かった。

一方で同級生であるセリアはレイアと比べると非常に落ち着いた様子であり、彼女は焦って冷静さを失っている後輩を落ち着かせるべく声を掛ける。

「落ち着いてレイアちゃん、ローク君なら大丈夫。貴女《あなた》も戦ったことがあるなら分かるでしょ？　彼は簡単にやられるような奴《やつ》じゃないわ」

「けどッ！」

確かにロークが強いことはレイアにも理解できている。けれども相手はあの邪霊だ。心配しない方がおかしい筈《はず》だ。

「古代遺跡の探索ではこういう想定外のことが付きものなのよ。だからこそ私は信頼できるメンバーを選んだし、ローク君なら一人でもどうにかできる筈よ」

「…………」

それは彼女のロークの実力に対する信頼によるものなのだろう。セリアの言葉に落ち着きを取り戻し始めたレイアは静かに耳を傾ける。

「それに油断ならない状況は私たちも一緒よ。恐らくガーディアンもまだ残ってる。遺跡内では常に焦らず冷静にいなさい」

「……はい」

そこまで言われて、ようやく落ち着いて頷く後輩にセリアは笑みを浮かべる。

その様子を彼女の契約精霊であるドリアードは静かに見つめていた。

＊＊＊＊＊

「くそッ、力加減を知らないのかあの野郎！」

暗闇の中を落下しながら俺は思わず毒吐《どくづ》く。

先程の一撃を喰《く》らったことがよっぽど気に入らなかったのだろう。邪霊は俺を中心として範囲をある程度絞ることで霊術の威力を底上げしてきやがった。

颶風剣《ぐふうけん》を発動していたから良いものの、強化が無ければ下手するとガーディアンたち同様にペシャンコになっていたかも知れない。マジで洒落《しゃれ》にならない。

「っと、地面か」

どれくらい落下し続けたのだろうか、ようやく地面が見えてきたので風で落下速度を軽減させながら着地した。

とりあえず無事に地面に降り立つことはできたが相当な距離を落とされた。

先程まで俺がいた場所は遥《はる》か上のようで、どれだけ霊力で視力を強化しても天井を見ることは叶《かな》わない。

というか床の下にこんだけの広い空洞があるって、この遺跡はマジで一体どんな構造してんだよ……。

「ってか、何だここ？」

不気味というのが最初に抱いた感想だった。

ポツンと奥に存在している石壇と黒い棺《ひつぎ》にも見える箱は何かを祀《まつ》る祭壇だろうか？

箱から滲《にじ》み出ている禍々《まがまが》しい雰囲気はそれだけで既に不気味だが、より目線がいくのは周囲に淡い輝きを放つ幾何学模様が描かれた壁だった。

恐らくは何かの術式なのだろうが、幾何学模様には軽く見積もっても高位精霊十体分以上の霊力が流れていた。

果たしてこの部屋がこの遺跡の中心部なのか、それとも別の用途なのかは知らないがあまり長居はしたく無い。明らかに触れるべきでは無いヤバい匂いがする。

「とりあえず上に………ッ！」

風を纏《まと》ってさっさとこの場から離れようとした俺は上から猛スピードで降りてきている邪霊の気配を察知する。どうやら俺はあの邪霊の標的にされてしまったようだ。

「ふざけやがって……」

颶風剣《ぐふうけん》の発動時間もあまり長くは無い。とにかく早めに決着を付ける必要があるが、あの邪霊に短期決戦を仕掛けたとしても果たして勝てるのか……。

「いやまぁ、やるしかない訳だが……」

俺は小さく息を吐くと今尚《いまなお》高密度の風を纏っている剣を掴み直す。

同時に霊術で更に全身にも風を纏うと地面を強く踏み込み、暗闇の先にいるであろう邪霊を睨《にら》みつけながら思いっきり跳躍した。

暗闇の中でも僅かに見える周囲の景色が移り変わっていく中で俺は剣を持つ手に力を込める。互いに相手へと向けて迫っていることもあり、邪霊との彼我の距離は猛スピードで縮まっている。

そのまま数十秒もしない内に上からこちらに向かって落下してくる邪霊の姿が視界に入る。邪霊の眼前にはサラマンダーの攻撃を防いだ高密度の障壁が展開されており、どうやら奴は俺をこのまま突進で突き飛ばすつもりのようだ。

上等だ。寧《むし》ろこっちが弾《はじ》き飛ばしてやる。

「しねぇぇぇぇッ！　クソ魚ァァアアアッ！！！」

「オォオオッ!!」

俺は邪霊に通じていないであろう殺意マシマシの言葉を放ちながら剣を思いっきり振り被《かぶ》ると突進してくる邪霊の面目掛けて颶風剣《ぐふうけん》を放った。

「うぉぉおおッ!!」

剣に纏わせていた風が邪霊の障壁に阻まれて俺たちの周囲を荒れ狂う。

サラマンダーの一撃を防いだ時点で察していたがやはり硬い。腕に霊力を流しながら剣を押し込もうとするがまるで巨岩の如《ごと》く硬く、全く押し込めない。

それどころか、この障壁に剣を押し込もうとしても寧ろこちらの剣が僅かに押し返されている。恐らくは重力の向きと霊力を操ることで展開しているのだろうが予想以上に霊術の火力が高い。

「くッ！」

本当ならこのまま押し返したかったがやむを得ない。

俺は僅かに腕の力を緩めると途端に押し込んでくる邪霊をそのまま身体《からだ》をズラして後方へと受け流す。

そのまま身体を回転させながら更に障壁が展開されていない無防備な背に向けて再び風の斬撃を放ってぶつけるが本体も相当硬いらしく、体勢こそ崩すことはできるがその身体に傷が付く様子は無い。やはりあの邪霊にダメージを与えるには直接颶風剣《ぐふうけん》をぶつけるしか無さそうだが、果たしてできるか。

そんなことを考えていると周囲の壁が音を立てて割れ、四角形にくり抜かれた壁の一部が俺に向かって襲い掛かってきた。

「くッ!!」

高速で四方八方から迫ってくる壁の弾丸を俺は剣で斬り裂き、あるいは宙を霊術で飛び回ることで躱《かわ》していく。攻撃自体を凌《しの》ぐことは難しくないが、霊力と時間を消費させられるのは痛い。なら余力がある内にこの邪霊を無視して逃げればとも思うが、あの霊術の範囲と威力を考えるとすぐに捉えられるのがオチだろう。

やはり逃げるにしても何かしらダメージを与える必要があるのだが、現状では手数が足りない。他のストックしている下位精霊を呼び出しても相手があれでは陽動すらまともにこなせず、秒で送還されるのは目に見えている。

となると自然と方法は限られてくるのだが……。

「……あんまやりたくねぇな」

真っ先に脳裏に浮かんだ作戦に俺は顔を顰《しか》める。多分、今数ある手段の中で一番確実な方法ではあると思うが実行した後が少し怖い。

「けど、他の手段だと――――ガッ!?」

流石《さすが》に敵を前にして考えごとに没頭しすぎたようだ。背後から飛来してきた瓦礫に気付くのが遅れ、後頭部にクリーンヒットする。

霊力で肉体を強化していたとはいえ一瞬、衝撃で頭が真っ白になって動きが止まってしまう。そして邪霊がその隙を逃す訳もなく、動けなくなったところに更に追い討ちと言わんばかりに瓦礫の群れを放ってくる。

「うらぁッッ!!」

けれども何とか意識をはっきりさせた俺は霊力を込め直すと勢いよく剣を横薙《よこな》ぎに振るい、迫ってきた瓦礫を突風で文字通り吹き飛ばす。

うん、懸念事項は幾つかあるがあまり躊躇《ためら》っている余裕は無さそうだ。

下手にこのまま戦い続けたら冗談抜きで死にかねない。まぁ、やれば怒られることもあるだろうが、背に腹はかえられない。今までと同様に後のことは未来の自分に託すことにしよう。

そう思いながら俺はポケットから一つの道具を取り出す。取り出したのは注射針の付いた試験管だった。中には紅《あか》く輝く液体が入っている。

俺は身体に悪そうな色の液体が入ったそれを何の躊躇いもなく首元に突き刺した。

チクッという鋭い痛みが首元に走るが気にせず俺は液体を全て流し込んで引き抜くと空になった試験管を放り投げる。

「ふぅ……」

俺は消費した霊力が回復していくのを感じながら小さく息を吐く。

突き刺した試験管に入っていた液体の正体は霊力強壮剤だ。しかも竜種の血を混ぜ込んだ非常に希少価値の高いものである。

先程ガレスから貰《もら》ったもので、恐らくはアイツ自身魔剣を使用した際に消費した霊力を回復させる為《ため》に持って来ていたのだろうが、助かった。

お陰でこうして俺は霊力を回復し、万全の状態で邪霊に挑むことができる。

「しっかり頼むぞ、本当に」

祈るように呟《つぶや》きながら俺が次に懐から取り出したのはエメラルド色に輝く封霊石だった。中に封印されているのは言わずもがな、俺の師匠が調教した風属性の高位精霊だ。

どこか訝《いぶか》しげな様子で成り行きを見守っている邪霊に対して俺はニヤリと笑みを浮かべると見せ付けるように封霊石を掲げながら封印を解いた。

「来い、シグルムッ!!」

俺と邪霊の間に緑色の輝きが放たれ嵐の如く風が吹き荒れる。

そこで静観していた邪霊がようやく本能的に危険を察知したのか、再び周囲の壁を破壊して瓦礫《がれき》を輝きに向かって高速で飛ばしてくるが、その尽くが眼前に展開された風の防壁によって左右に逸《そ》らされる。

「キィィィイイイッ！！！」

甲高い鳴き声を遺跡中に響かせながら光の中から一対の巨大な翼が広がる。現れたのはどこか神々しさすら感じさせる緑色の羽毛を生やした鷹《たか》の姿を象《かたど》ったような精霊。

風精霊シグルム。俺たちをルナの遺跡まで運搬してくれた精霊を俺は改めて戦闘の為に呼び出した。

「悪いけど、もう一仕事頼む」

「ギィィイイッ!!」

俺はシグルムと簡易契約を結びながらその背に降り立つとポンポンと柔らかい羽を撫《な》でながら呟く。シグルムはそんな俺に仕方ねぇなと言わんばかりに大声で鳴きながら応じると全身に霊力と風を纏った。

シグルムの鋭い瞳と邪霊のどこかつぶらな瞳が交差する。二体は対照的な瞳をしているがどちらにも溢《あふ》れんばかりの敵意と戦意、そして殺気が込められていた。

「…………」

「…………」

刹那の静寂が場を包み込む。シグルムと邪霊が互いに睨み合う中で場の緊張感はどんどん高まっていき、数秒程かはたまた一分ほど過ぎた頃か。時間感覚が麻痺《まひ》してきたところで二体は吠《ほ》えた。

「ギィィイイイッ!!」

「ォォォォオオオオオッ!!」

シグルムは風を、邪霊は闇をその身に纏いながら相手に向かって突撃。二体の纏った霊力が衝突し、周囲一帯が嵐に包まれる。

荒ぶる風によって辺りの砂利や瓦礫が宙を勢いよく乱舞している様はまさに嵐そのものだった。加えて嵐の中にはシグルムの翼から放たれた刃の如き鋭い風撃も交ぜ込まれており、風撃に触れた瓦礫たちはみるみるその面積を小さくさせていく。

そしてその中であっても未《いま》だ健在なのが邪霊だ。

並大抵の精霊ならばあっという間に微塵《みじん》切りにされてしまうであろう風の牢獄《ろうごく》の中においても胸ビレを広げながら優雅に泳いでいた。と言っても四方八方からの風撃を流石に全て凌ぎ切ることは不可能なようで、無傷だったその身体には少しずつ切傷が刻まれ始めている。それでも怯《ひる》む様子も疲労感も漂わせない邪霊は嵐の中を泳ぎながら宙を舞っている大きめの瓦礫を選別すると重力によって加速させてシグルムへと放つ。

「ギィッ!」

しかしそれも展開されているシグルムによる風の防壁によって全て防がれる。高速で飛来する瓦礫の弾は風の壁によってあらぬ方向に弾き飛ばされて周囲の壁に衝突してバラバラに砕けていく。

まさに一進一退といった攻防を繰り広げているが純粋な戦闘面だけで見ればシグルムを使役するこちらに軍配が上がっていると見ていいだろう。

精霊同士の戦闘においては……だが。

「ぐぉぉおおおッ!!」

精霊と邪霊の熾烈《しれつ》な戦闘によってゴリゴリと霊力を削られていく俺は思わず悲鳴を上げながらシグルムの背に張り付く。

この戦いにおいての一番の問題はシグルムを使役している俺の霊力だ。

今は霊力を回復させたことで保っているが、俺はシグルムの発動させる霊術の霊力もほぼ全て担っている。

これが簡易契約における明確なデメリットの一つだ。

簡易契約は精霊と魂同士を結ぶ契約と違い、霊力のみを通した契約になる。

それ故に簡易契約は自我の強い高位精霊以外ならば大抵の精霊と結ぶことができるし、契約の破棄も好きなタイミングですることができる。

ただ信頼関係もクソもない霊力による繋《つな》がりのみの契約は精霊への拘束力が弱い。仮に精霊たちに霊術を使えと命じても契約者が霊力を供給しなければ霊術を発動してくれないし、何なら命令無視すらされる。

故に簡易契約をするのは意志がほぼ無い微精霊、もしくは意志の弱い低位の精霊のみがほとんどだ。仮に高位精霊と結ぶのならば基本的に自身の霊力によって無理矢理従えるしかないが、大抵は数分従えただけで限界を迎える。

簡易契約が精霊師の間で使われないのはこのデメリットがあまりにも大きいが故だ。

つまり簡易契約の状態で精霊師が精霊を使役して戦おうとするとそもそも言うことを聞いてくれない可能性がある上に仮に使役できても自身と精霊の戦闘、そのどちらにおいても自分の霊力が消費されるので大抵の場合は秒でガス欠になってダウンする。

俺のような霊力お化けを除いてだが。

「ぁぁあああッ!!」

声を荒らげながらシグルムに一気に霊力を流し込む。俺の霊力を受け取ったシグルムが翼を広げると大きく羽ばたかせ、邪霊に向けて風撃を放つ。

一度の羽ばたきで三桁に届く数の風撃を飛ばし、暴風を操るシグルムのその姿はまさに動く災害そのものだ。これが契約精霊だったならばどんなに良かったことだろうと使役しながらそう思わずにはいられなかった。

「ォォオオッ!!」

邪霊は迫ってきた風撃を再び障壁を展開することで防ぐ。

攻撃自体は完全に防ぎきったが霊力の混ぜ込まれた風の勢いまでは防ぎきることができず、勢いに押された邪霊はその体勢を崩した。

「追撃じゃぁぁぁあああっ！」

このチャンスを逃す理由は無い。

俺はシグルムの背から勢いよく飛び立つと未だ体勢を立て直せていない邪霊の背に向けて風を纏《まと》った剣を思いっきり振り下ろす。

障壁に風を纏った刀身が直撃し、風が暴れて轟音《ごうおん》が鳴り響く。がそれでもまだ障壁は健在で刃が邪霊の肉体に届くには至らない。

「ッ！」

舌打ちをしながらグッと腕に力を込めて刀身を押し込むと僅かにメリメリと音が鳴り、展開された障壁の表面に僅かではあるがヒビが入る。

どうやら今までの攻撃によるダメージはしっかりと障壁に蓄積されていたようだ。

恐らくは後一歩といったところではあるが、このまま障壁を破壊するにはもう少し大きな力が必要だろう。

ならば――――。

「やれッ！　シグルムッ!!」

「キィイイイッ！」

俺の指示に応じたシグルムが鳴き声を上げながら上空から猛スピードで邪霊に向かって滑空、その巨大な身体《からだ》をもって邪霊の障壁へと突進した。

「ォォオッ!?」

シグルムによる追撃が邪霊を怯ませると同時に表面に張られていた障壁のヒビ割れが全体へと広がり、ここに来て遂《つい》にガラスが割れるような音を響かせながら邪霊の防御が完全に砕かれる。

驚愕《きょうがく》、動揺。自慢の盾が破壊されたことに邪霊は僅かな時間ではあるものの動きを止めてしまう。自慢の守りが破られたのだ、それは戦闘能力を持つ生物としては当然の反応だ。

ただこのタイミングでのその隙は戦闘において、特に精霊師との戦闘においてはあまりにも致命的だった。咄嗟《とっさ》に邪霊が俺を迎撃するべく霊術を発動しようとする気配を見せるが僅かに遅い。このチャンスを逃さんと俺はありったけの霊力を込めながら邪霊の顔面に向かって斬撃を放つ。

「はぁッ!!」

霊力による筋力強化によって高速で振るわれた二連撃が邪霊の顔面に二本線を刻み付ける。同時に剣を覆っていた風が斬撃と共に小さな刃となって邪霊へと襲い掛かり、細かい裂傷を与えた。

「ォォォオオオオオォッ!?!?」

俺の攻撃によって顔面に幾つもの傷を負った邪霊は痛みから悲鳴を上げると血飛沫《ちしぶき》を撒《ま》き散らしながら狂ったように暴れ出した。

「うぉッ!?」

暴れる邪霊の身体にしがみついて更に追撃をしようとするが霊術によって重力を真横に展開され、足場も悪かった俺は踏ん張りも利かずそのまま壁へと勢いよく突っ込んだ。

「ぐッ!」

背中への衝撃に顔を顰《しか》めながら俺は剣を構える。

今の攻撃で削ったつもりだったがまだ元気がある。けれど最初に比べて霊術の威力は確実に落ちてきているし、動きも鈍くなっている。邪霊の疲労も確実に溜《た》まってきていることは間違いない。

ただ問題はやはり俺の霊力だ。いくら強壮剤で霊力を回復したとはいえ、この速度での消耗は流石《さすが》にキツい。

　恐らくこのまま全力で戦い続けられるのは良くて数分程度だ。それまでに何とかしてこの邪霊を戦闘不能にまでもっていかなくてはいけない。

「グォォオオッ!!」

「この野郎、荒ぶりやがア――――ッッ！」

　どうやら余程俺のことが憎いらしい。喋《しゃべ》っている途中であらゆる方向から俺の身体は押さえ付けられ、気付けば指一本すら満足に動かせなくなる。これはヤバい。

「ォォォオオオオオオオッ!!」

「くッ」

　怒りの雄叫《おたけ》びを上げながら邪霊は巨大な瓦礫を重力による加圧によって槍《やり》状に加工、殺傷能力を高めながらその先端を全て俺へと差し向ける。まともに動けない以上、防御をすることもままならない。

　非常にマズい状況ではあるが邪霊は今、頭に血が上っているようでまるで周りが見えていない。

「キィイイイッ!!」

「ォォオオッ！」

　故に鉤爪《かぎづめ》を立てながら上空から襲い掛かるシグルムへの防御が遅れ、邪霊の背中に鋭い爪が突き刺さる。だがそれでも邪霊はシグルムの迎撃よりも俺への攻撃を優先し、周囲に展開していた巨槍《きょそう》の全てを俺へと向けて解き放つ。

「うおおおおッ!!」

シグルムの攻撃によって霊術による拘束が緩んだ為《ため》、俺は何とか足を動かすとギリギリで壁を蹴ってその場から跳躍、巨槍を回避することに成功する。

あっぶねぇッ!　死ぬかと思った!!

鳴り響く破砕音に振り向けば先程まで俺がいた場所は剣山のようになっており、あのまま俺が動けなければその末路がどうなっていたかなど容易に想像することができた。本当に容赦のない邪霊だ。

「はぁ、はぁ……」

宙を飛びながら俺は何とか乱れた呼吸を整える。

流石にそろそろ限界が近い。大技も打てて二発程度が限界だろう。

加えてシグルムを使役しないと邪霊をまともに抑えることができない以上、全力で技を放てるのは事実上あと一回と言ったところか。

ここで決めるしかない。

俺は自身に残っている霊力を総動員しながら最後の技を放つ為に壁に足を着けながら剣を左腰へと持っていく。

同時に刃を覆う風をより薄く、鋭く密度の高いものへと昇華していく。

「オォオオッ!!」

「キィイイッ！！！」

標的である邪霊へと視線を向ければ現在進行形でシグルムと取っ組み合いをしていた。

しかも何ならシグルムは俺の霊力の供給が減っている為に邪霊に押され気味になっており、防御しきれなかった攻撃によってその美しい緑色の身体を赤く染め始めていた。

しかしそれでもシグルムは果敢に相手へと喰《く》らい付いて邪霊をその場に留《とど》める役目を果たしている。これならば充分に敵を狙い撃つことができる。

俺はシグルムに感謝しながら霊力を総動員して肉体の強化を図る。

この一撃で決められなければほぼ負けが確定する。

俺は小さく息を吐き、覚悟を決めると霊力を込めて全力で壁を蹴る。足元の壁が破砕音を響かせながら割れ、俺は邪霊を目掛けて文字通り跳んだ。

「颶風剣《ぐふうけん》・閃舞《せんぶ》」

一瞬だった。

辺りに大きな風切り音を響かせた時には俺の身体は既に邪霊の身体を通り過ぎ、剣を振り抜き終えた状態で宙を飛んでいた。

「オ……オ……」

背後には一撃によって胸ビレを片方切断された邪霊が断面から血飛沫を上げながら力を失った様子で緩やかに落下し始めていた。その表情は先程の怒りに塗《まみ》れたものから打って変わって困惑のようなまるで何が起こったかを理解できていないかのようだった。

俺の数少ない技と呼べる剣技。

この技を放つ際の構えを見たガレスが東方には居合と呼ばれる似たような抜刀術の剣技があると言っていたが生憎《あいにく》、そこまで大層なものではない。

やっていることは単純でより速く剣を振り抜く、ただそれを霊力による肉体強化を施した状態で行うということだけである。付け加えるとその時々において剣精霊に各属性の微精霊によるエンチャントを付与することで属性破壊力も上げているが、本当にそれくらいのものだ。

けれども……それでも今の状態で俺が放つことのできる最高の技であることには間違いなかった。

「……ッ！……戻れッ！」

今の一撃によって颶風剣《ぐふうけん》が解かれ、霊力も底を尽き始めたので俺は落下しながらも封霊石を取り出すとシグルムの再封印に取り掛かる。

師匠がしっかり調教しているので逃げる、暴れるといった行為はしないとは思うがそれでも仮に今の弱った俺が相手ならば簡単に契約を破って逃走することもできる筈《はず》なのでされる前にさっさと封印するに限る。

幸いシグルムは特に抵抗する様子も見せずに封霊石へと吸い込まれると大人しく封印されてくれた。流石は師匠、契約もしてない癖にここまで精霊を従えられるとは本当に何をしたのかを聞きたくて仕方がない。

「あー、マズい」

とシグルムを封印するまでは良かったが、よく考えてみると既に微精霊は契約が切れてどっかに消え去り、依代《よりしろ》の中に風属性の精霊のストックも残っていない。加えてそもそも霊力もほぼ残ってない。つまりはもう浮く手段が何も無い。

「ぁぁあああああ～」

重力に従ってどんどん加速していく俺は落下しながらこの後のことを考える。

とりあえず残《のこ》り滓《かす》のような霊力しかないが、それでも肉体の強化に回せば地面までの距離を考えても衝撃に耐え切ること自体はできると思う……多分。尤《もっと》も耐えたところで動けなくなるだろうが……。

というかあの薄気味悪い部屋でずっと救助を待たなきゃいけない羽目になり、下手をするとガーディアンに襲われてそのままお陀仏《だぶつ》になる可能性もある訳だし、できればこれは最終手段にしたい。

他に思い付く手段と言えば何かしら微精霊と契約して地面に衝突する寸前に適当な霊術を放って勢いを軽減させることだろうか。正直、今の霊力だとまともな霊術を一発放つだけでも霊力枯渇してダウンしそうなのでこの作戦も結果はあまり変わらない気がする。

「参ったな……」

思わず溜息《ためいき》を漏らしながら困っていると落下している途中で俺と同じく落下している邪霊の姿が視界に入る。

今更ながら気付いたがこの邪霊、送還される様子が無い。胸ビレの片方をぶった斬られる重傷を負っている筈だが、まだ限界には届いてないらしい。

あれ、これもしかして詰んでる?

咄嗟に剣を構えながら絶望的な第二ラウンドを覚悟するが流石に邪霊も戦闘するほどの気力は無いらしく、ただ力無く重力に従って落下している。

「…………」

ふと落下する邪霊を眺めながら頭の中に一つの考えが思い浮かんだ。どうせならやってみようかと依代を取り出して考えを実行に移したところで俺の足に何かが絡まり、途端に落下が止まる。

「ッ!?」

　思わず何事だと視線を上へと向けると足には蔦《つた》が絡まっており、それを辿《たど》って視線を向けてみれば赤い翼を広げる巨竜サラマンダーの背に乗った、見慣れた二人の少女と精霊の姿があった。

「やっぱり無事だったね」

「ローク先輩ッ！」

「今度は大丈夫じゃの」

　どうやら俺は無事に助かったらしい。

　それを理解した俺はドリアードの霊術によって引っ張り上げられながら疲労と安堵《あんど》、加えて霊力を消費し過ぎた為に急速に意識が遠のいていく。疲労困憊《ひろうこんぱい》の俺にそれを止める術《すべ》は無く、俺の意識は闇へと沈んでいく。

　その刹那、暗闇の中でどこか見覚えのある少女が微笑《ほほえ》んでいる姿が脳裏に浮かんだような気がした。

＊＊＊＊＊

「…………んん」

どうやら知らない内に眠ってしまったらしい。瞼を開けると茜色《あかね》に染まった空の下で大きく翼を広げて飛ぶ赤い竜の姿が視界に入った。

「…………ここは」

「起きた」

倦怠感《けんたいかん》を覚えながらもゆっくりと身体《からだ》を起こそうとすると視界の端から突然、ヌッとリリーの顔が出てきた。めっちゃビビった。

「身体は大丈夫?」

「あ、ああ。少し怠《だる》いけど問題無いよ」

「良かった」

俺の返事にリリーは安心した様子で呟《つぶや》いた。相変わらずの無表情だがどうやら心配してくれていたらしい。俺はリリーの手助けを得ながら身体を起こすと視線を周囲へと向ける。見たところ俺は大きな木製の船のような物の上に乗っていた。上を見れば船の両脇から屋根の骨組みのように伸びた木をサラマンダーが両腕で摑《つか》んで運んでいるようだった。

「おはようロ一ク、ようやく目覚めたね」

「良かった!　本当に心配したよ!」

目を覚ました俺にガレスとセリアが近付いてくる。その制服を見れば俺の記憶よりも汚れており、恐らくは俺が意識を飛ばした後も遺跡で戦闘があったのだろう。

「俺、どれくらい寝てた？」

「一時間以上は寝ていたと思うぞ」

「マジか……」

どうやら俺は割と長いこと眠っていたようだ。まぁ、そりゃ俺の最後の記憶は遺跡内だったのに目覚めたら脱出しているし、それくらいは経過しているだろう。

「迷惑掛けたな」

「別に問題ないよ。寧《むし》ろ君の方がお疲れ様だろう」

俺の謝罪にガレスは気にした様子を見せずに寧ろ労《ねぎら》いの言葉を掛けてくれた。

後ろでリリーもガレスの言葉に無言でうんうんと頷《うなず》いている。

「二人から聞いたよ。高位邪霊と一人で戦ったんだって」

「本当にすぐに助けに行けなくてごめんね。ガーディアンの処理に手間取っちゃって」

「最後に来てくれただけでも助かったよ。気にしないでくれ」

セリアに限ってはすぐに援護に行けなかったことを申し訳無さそうに謝ってくれたが、状況が状況だった。寧ろ最後に迎えに来てくれただけでも充分に救われた。

「にしても本当によく倒したね」

「アイツに関しては俺たちと戦う前からガーディアンと戦って霊力を消耗していたから迎

撃できたんだ。本当にただの運だよ」

実際振り返ってみるといくらシグルムとはいえ簡易契約で十全に力を振るえない状況であんな簡単に邪霊の防御を突破できるとは思えない。

恐らく邪霊の方も連戦だったが故に霊力に余裕が無かったのだろう。

というか本当に事前に師匠から精霊を借りておいて良かった。マジでどうしようもなくなるところだった。

「またまた～そんな謙遜して」

「いや、謙遜じゃなくて本当に――」

「ローク先輩、目覚めたんですね」

なんか変に持ち上げてくるセリアの誤解を解こうとしている途中でサラマンダーの背に乗っていたらしいレイアが上から降りてきて、俺のもとへと駆け寄ってきた。

「……お怪我《けが》は大丈夫ですか？」

「ああ、大丈夫だよ」

「それなら、良かったです」

その俺の返事に安心した様子でホッと息を吐くレイアに俺は僅かに困惑する。

何だか気持ち俺に対しての態度が気絶する前と比べてだいぶ柔らかくなったような気がするが……勘違いだろうか。

「……その、すみませんでした」

「へっ？」

とレイアの態度の変化に困惑していると彼女はどこか歯切れの悪そうな様子で謝罪の言葉を漏らし、俺はその唐突な謝罪に思わず素っ頓狂な声を漏らしてしまった。

「今回、私は先輩方の足を引っ張ってばかりでした。特に私のせいでローク先輩をより危険な目に遭わせてしまった上に助けに行くこともできず……」

「いや、別にそんなことは……」

まぁ、確かに思うところが無いと言えば嘘《うそ》になるが彼女は古代遺跡の探索なんて初めてだろうし仕方ないと言えば仕方ないだろう。

そもそもメンバー全員が久しぶりの古代遺跡の探索ということで浮き足立って空気が弛《し》緩《かん》していたし、今更ながら振り返ると彼女一人というよりも全体的に悪かったようにも思える。加えて邪霊の一件に関してもアレは俺が下手に攻撃をしたせいでヘイトを向けられて集中的に攻撃を浴びただけであり彼女にそれほど非があるとは思えなかった。

「ヴァルハート家の人間として誰よりも先頭に立って戦うべき筈が……邪霊にまともな抵抗をすることもできず……先輩に助けられました」

「………………」

確かにダメージこそ与えられていないが、それでもレイアはサラマンダーでしっかり一撃入れてくれたと思うが……下手に口を挟むのは憚《はばか》られたので俺は静かに聴きに徹することにした。

「改めて今までの先輩に対しての不躾《ぶしつけ》な態度を謝罪させて下さい。本当に……申し訳ございませんでした」

「…………」

そう言ってその小さな頭を下げるレイアに今度こそ俺は言葉を失う。

彼女のような名門貴族の人間がいくら先輩とは言え俺のような平民に頭を下げたという事実に驚きを隠せなかった。

特に彼女は自身の家柄に誇りを持っていた上に契約精霊を呼ばない俺のことを嫌っていた筈なのだが、今回の一件で俺のことを見直してくれたのだろうか……。

「あ、けどそれはそれとして契約精霊を呼ばないのはやはり失礼に当たるので良くないと思います。何か事情があるのでしょうが、しっかり呼ぶことをオススメします」

「ハハハ……ソダネ」

思わず感動したのも束《つか》の間《ま》、最後にレイアからジト目で睨《にら》まれながらそう指摘された俺は乾いた笑いを浮かべる。

「それは確かにレイアちゃんの言う通りだね。私もロークくんの契約精霊見たいなぁ～」

「私も気になる」

「ハハハ、疲れてるしその話はまた今度、な？」

水を得た魚の如《ごと》く俺の契約精霊を知ろうと迫ってくるセリアとリリーの二人に俺は誤魔化すように笑いながら後退《あとずさ》る。けれどもすぐに背後の壁にぶつかり逃げ場を失ってドッと冷や汗が流れる。

「ほらほら、契約精霊を呼べ〜！」

「呼べー」

「だーッ！　やめてッ！　許して!!」

学院都市へと向かう茜色の空の下、赤竜が運ぶ船の上で俺の悲鳴が響き渡った。

＊＊＊＊＊

「それで、目的は果たせたのかい？」

「……………うーん」

ロークをある程度弄《いじ》り終えて満足したのか、壁に背を預けて休んでいるセリアの横に腰を下ろしたガレスはそう問いかけた。

セリアは少し言葉を濁しながら視線をついさっきまで弄っていたロークへと向ける。自分はもう離れたがロークは未《いま》だリリーに拘束されており、それを見兼ねたレイアがロークを助けようとして三人で揉《も》みくちゃし合っていた。

「残念ながら果たせなかったかなぁ」

「と言うと？」

「とうとうロークくん、邪霊との戦闘でも契約精霊を呼び出さなかったよ」

セリアはそう言うと目を細め、どこか冷めた視線でロークを見つめる。

今回の古代遺跡探索の中でセリアが抱いていた密《ひそ》かな目的の一つ、それはロークの契約精霊を暴くことだった。

残念ながら目的を果たすことはできなかったが。

「…………」

「邪霊が来たときは正直チャンスだと思ったんだけどなぁ」

今回の探索ではガレスの協力も得て敢《あ》えてロークの負担を増やして契約精霊を使わせることを画策していたが、結局最後までその目的が叶《かな》うことは無かった。

特にセリア自身にとってもイレギュラーであった邪霊の介入の際に彼を助けるフリをして彼の身体に胞子を付けて戦闘を確認していたが、邪霊をも最後は師匠から借りたという高位精霊を簡易契約で従えると言う力業で無理矢理突破していた。

アレには本当に驚かされた。あの危機的状況ならば流石《さすが》に契約精霊を呼び出すと思ったが、あの状況でもあくまで契約精霊を呼ばないと言うスタンスを貫くロークはハッキリ言って異様だ。

「だから言ったろ。無駄だって」

「……何だか腹立つ言い方ね」

ガレスの指摘にセリアは少し不機嫌そうな様子で呟く。

何とかガレスの協力を得たは良いが、彼は終始この企てが無意味に終わることを理解していたような言動をしていた。

それが納得いかなかった。

「貴方《あなた》は興味ないの？　ロークの契約精霊に」

「逆に尋ねるけど、君はどうしてそこまでロークの契約精霊に興味を持つ？」

「だって不気味でしょ。契約精霊を使役せずに戦う精霊師……正直、ミーシャ様やトラルウス君を相手にするよりも怖いわ」

天使を使役するミーシャの実力は言わずもがな。一年の時に何度か戦ったが正直、勝てるビジョンがまるで見えない程に強かった。ただ、それでも彼女が何となくどれくらい上にいるのか、立っている位置は分かった。

けれどローク・アレアス。彼は例外だ。

彼に関しては本当に底が見えない。一年の最初は目立った実績は無かったがある時期を境に学位戦でその実力を轟《とどろ》かせるようになった。それも契約精霊を呼ばずに。

本人はずっと本気で戦っていると言っているが契約精霊を呼ばずにどの口がほざいているのか。明らかに余力を残している。

「今年は学位戦だけじゃなく、大精霊演武祭も控えているからできるだけ今の内に彼の実力を知りたかったんだけど……」

結果はご覧の通りだ。まだまだ彼については色々調べる必要がありそうだ。

「大精霊演武祭……か」

「ガレスくんも気になるんでしょ？　だから今回、私に協力してくれたんじゃないの？」

少なくともセリアはそう思っていたが首を横に振るガレスを見て、自分の考えが違っていたことを理解する。

「今回、君の提案に乗ったのは調べること自体が無駄だと教える為《ため》だよ」

そもそも彼に契約精霊はいないのだから、調べようとしたって何も得ることができないのは当たり前だ。

それに――。

「そもそも契約精霊云々《うんぬん》の前に契約精霊を呼ばないロークに僕らは学年順位で負けてるんだ。探る前に今の彼に確実に勝てるような実力を付けるのが先じゃないかい？」

「………」

そのガレスの指摘に押し黙ったセリアは暫《しばら》くして小さく息を吐くと頷いた。

「確かにその通りね。契約精霊を知れたとしても結局勝てなきゃ意味無いし、優先順位は間違えないようにしなきゃ……ね。尤《もっと》も――」

「おい、離せぇえええッ！　服を脱がそうとするなぁッ!!」

「契約紋どこ？」

「り、リリー先輩、ダメです！　それはダメです！　まずいですッ!!」

服に手を掛け始めたリリーと必死に抵抗するロークの姿を視界に納めながらセリアは口元に弧を描く。

「今の彼になら負けるつもりは無いけどね」

「………………」

彼だけが知る秘密。

ロークには契約精霊なんておらず、隠している実力なんてないという事実。セリアの勝ち気な横顔を眺めながらその事実を彼女が、学院の学生たちが知ったらどう思うのだろうかと考える。

「上半身じゃないの？　なら下半身？」

「違う！　そういう意味で言ってるんじゃない!!」

ズボンに手を掛けるリリーと必死に抵抗するロークの声に思考を遮られたガレスはやがて、壁に背を預けると大変そうだなと他人事《ひとごと》のように思いながら目を瞑《つぶ》る。

第四章　悪目立ち

　ハプニングこそ色々あったが無事に遺跡調査を終えて単位を獲得することができた俺は今日も今日とて講義を受ける為に学院へと足を運んでいた。

「やぁ、ローク」

「うす」

　講義が行われる教室へと続く廊下を歩いている途中、前方から講義終わりと思わしき様子のガレスと遭遇した。

「この後、講義か？」

「ああ、邪霊学取ってるからな」

「ああ、あれか。僕も取りたかったけど他の講義と被《かぶ》って取れなかったよ」

「俺も興味あるから取ったけど結構テスト難しいらしいぞ。毎回半数くらいの学生が単位を落とすんだってさ」

「なら後期で受講するからテスト問題回収できたら頼むよ」

「見返り次第だな」

　学院において学生同士のこういったテスト問題やその答えなどの取引は割と日常茶飯事

である。というのも当然ながら学院での成績は卒業後の進路にもろに影響する。良い成績を残せばそれだけ良い進路先、選択肢の幅が広げられるし悪い成績ならそれだけ進路先の質も選択肢も狭められる。

故に既に進路が決まっているような大貴族を除けば基本的に皆、少しでも良い成績を取る為に協力する。加えて言えば学院には様々な家柄の人間がやって来る為、こういった取引を通じて人脈を形成することもできる。

つまりはこういった裏取引も学生にとっては大切なコミュニケーションという訳である。

「なら君が欲しがっていたアーサー伝記でどうだい？　ちょうど、少し前に古本屋で売られていたのを見つけてね。僕はもう読んだからあげるよ」

「もう全身全霊でお渡しさせて頂きます、ガレス様」

本当にこういうことがあるから取引はやめられない。

アーサー伝記は少し前に発売された英雄と呼ばれた精霊師アーサーの活躍を描いた人気小説だ。人気過ぎてどこの書店を探しても見当たらない品薄商品で今となっては買おうとするとアホみたいに価格が上がっていて手が出せなかったのだが、マジで有難い。

「ではよろしく。にしても今期の講義はテスト系が多くて本当に参るよ」

「レポートの嵐よりはマシだろ」

「そうかい？　あんなの内容を適当に纏《まと》めて提出すれば終わりじゃないか」

「その適当が上手《うま》くできないんだよ。しかも高評価を得るための纏め方はよくわからないし」

時間を掛けて良い出来だと思って出したら思ったより評価高くないし、逆に時間が無いからと少し雑に纏めたものを提出したら何故《なぜ》か最高評価を貰《もら》えたりする。頼むから評価基準を教えて欲しい。

「君は全力か頑張らないかの極端な二択しかないからね。適度に力を抜く方法を覚えた方がいいよ」

「地力が良い奴《やつ》は難しいことを言うな」

こちとらスタートが普通以下なのだ。今の地位をキープする為には基本的に努力を怠ることは許されない。と言うか怠った瞬間に化けの皮が剝がれて全てを失ってしまうことだろう。

「何も難しいことは言ってないよ。僕が言いたいのは――――」

「言いたいのは何だよ？　何を見てるんだ？」

途中で言葉を止めたガレスの視線を俺も追うとそこには廊下に設置された掲示板を眺める学生たちの人集《ひとだか》りがあった。

何をそんなに集まっているんだと思いながら目を細めて掲示板の内容を確認するとどうやら学位戦についての案内のようだった。

「もうそんな時期か……」

また嫌な時期がやって来た。成績の為とは言え他の学生たちと試合をしなければいけないのは骨が折れる。

「今期は君と当たるかな？」

「マジで勘弁してくれ。俺はお前と戦いたくない」

俺の事情を知っている相手との戦いなど俺にとっては絶望に等しい。だというのに俺の記憶が確かなら今のガレスの学年順位は十位、普通に戦う可能性がある。

いや、というかガレスに限らず十位以内の奴らとは基本的に戦いたくない。何故かは知らないが俺たちの代はお姫様を始めとして優秀な学生が多く、どいつもこいつも現役の精霊師顔負けの実力者ばかりなのだ。

更に四位以内となると予《あらかじ》め白旗を準備して挑む必要がある。

アイツらとの試合は運が悪いと何もできずに負けるし運が良くても普通に負ける、準備しても負ける。基本的に敗北しかない。

いや、お前も四位以内だろと思ったそこの君、それにも浅い訳がある。

そもそも俺は一位の姫様を除いて戦ってない。いや、厳密には現三位とは記録上では一度当たったがそれも不戦勝というまさかの相手のすっぽかしでの勝利だ。

つまり俺は運で実力以上の地位を手に入れてしまったということである。本当どうすりゃ良いんだろうな？

「ここらだと見えないね」

「だな、近付くか」

何はともあれ今大事なのは学位戦の相手だ。相手によっては今すぐ対策を練らなくてはならない。できるだけ楽な相手と当たりますようにと思いながら俺たちが掲示板へと近付くと途端に集まっていた生徒たちが左右に引いていく。

「おい、あれアレアス先輩とオーロット先輩じゃないか？」

「アレが噂《うわさ》に聞く二年生の高順位者の二人ね」

「しかもアレアス先輩は未《いま》だに契約精霊呼ばずに学年二位だろ。本当に何者なんだよあの人……」

契約精霊すらいない雑魚です。後輩たちよ、どうか俺のような奴のことなど無視して下さい。そんなわざわざ退《ど》いて貰うほど大層な人間じゃないんです、本当に。

「僕は一戦目からか。課題も控えているのに嫌だな」

苦々しく呟《つぶや》くガレスの横で俺は血眼になって自身の名前を探す。学位戦は長期間に亘《わた》って行われる為、掲示板には一日三試合で直近五日間分の計十五試合が掲示される。

「俺は……げっ、五試合目にある……しかも相手オーフェリアじゃん……」

俺は上から記載された名前を一つ一つ読んでいくと五試合目に自身の名前が載っている

のを確認して深い溜息《ためいき》を漏らす。加えて相手は学年十二位のオーフェリア・リングラードという高順位者である。ストレスでゲボ吐きそう。

「おい、アレアス先輩。対戦相手を見て溜息を漏らしているぞ」

「噂では常に自身が本気で戦うに値する敵を求めているそうだけど、オーフェリア先輩では力不足ということなのかしら？」

「ミーシャ様相手にさえ契約精霊呼ばなかったんだろ？　誰が相手なら本気で戦うんだよ」

マジでこの意味不明な噂流している奴は誰だ？　俺の学院生活のハードルが秒単位でどんどん上昇していくんだが、どうしてくれる？

「ローク、顔色が悪いよ」

「気にするな。いつものことだ」

「それもそれでどうかと思うけど……時間も時間だし僕はもう行くよ。また後で」

「ああ、またな」

ふと腕時計に視線を落とすと講義が始まるまで後数分程しか無い。俺は駆け足気味に廊下を歩いて教室へと向かった。

＊＊＊＊＊

「ギリギリ過ぎたか」

駆け足気味に教室へと入ると時間ギリギリということもあって席が殆《ほとん》ど埋まっており、残っている席は最前列しか無かった。

流石《さすが》に最前列は嫌だなぁと思いながらも席に座ろうとすると喧騒《けんそう》の中「ローク、こっち」と俺の名を呼ぶ聞き慣れた声が聞こえた。声の方へと視線を向けると手を振りながら俺の名を呼ぶリリーの姿があった。

「場所、取っておいた」

「おお、リリー助かったぞ！　ありがとう」

「フフ」

そうだ、この講義はリリーも取ってたんだった。

そのことをすっかり忘れていた俺はドヤ顔をするリリーに感謝を述べながら比較的後方にあるリリーの隣の席へと腰を下ろす。

少し経《た》って黒縁眼鏡を掛けた邪霊学の講師であるアルベルト先生が教室へと入り、壇上に立つと同時に講義の開始を告げるチャイムが教室に鳴り響いた。

「さて、今日も講義を始めていく訳だけど前回は私の事情で休講にしてしまったからね、まずは復習から始めようか。学生諸君、そもそも邪霊とはどのような存在なのかしっかりと理解できているかな？」

そう言ってアルベルト先生は眼鏡を掛け直しながら生徒たちに尋ねるとその反応はまちまちだった。自信があるのか何度も頷《うなず》く生徒もいれば首を横に振って知らないアピールをする生徒もいる。

ちなみに俺とリリーは無反応である。知っているが下手に反応して注目を浴びたくないので腕を組んで無反応を貫く。

「ふむ、何だかあんまり自信無い人もいるみたいだけど……それじゃ正解といこう。邪霊とは通称で本来は闇精霊と呼ばれている精霊の一種なんだ」

言いながらアルベルト先生はチョークを手に取ると黒板に文字を書いていき、邪霊の説明を続けていく。

「すると自然とこんな疑問を抱く人も出てくるんじゃないかな？　何故、闇精霊はそのまま闇精霊と呼ばずに邪霊なんて通称がついているのか」

「知ってる？」

「一応。と言っても幾つか説があるけど」

そこまでは知らなかった俺が隣に座るリリーに尋ねると流石は天才と言うべきか彼女はこくりと頷いた。

と俺が隣の天才に感心している間にも先生はチョークで文字を書く音を鳴らしながら説

明を続ける。

「少なくとも百年前から邪霊と呼ばれていて、理由は幾つかあるけど……最も有力なのは邪霊の在り方そのものが大きな原因だという説だ」

先生は幾つかの説の説明を板書していくと最後の説を大きな円で囲って手を止める。

「積極的に人類や他の精霊を襲う。そして何より契約を結ぼうとした相手の精神を破壊する点だね」

「精神を破壊する……ですか？」

言っている意味が分からないとばかりに生徒が首を傾《かし》げながら呟くと「その通り」とアルベルト先生は頷いた。

「今まで多くの精霊師が邪霊を契約精霊として使役しようとしたが、その誰もが契約を結んだ瞬間に気が触れたかのように奇声を上げて壊れた。ほぼ全ての精霊師がだ」

「…………」

その説明に多くの生徒が怯《おび》えた表情を浮かべる。

そりゃ、そうだ。契約した瞬間に発狂させられるって怖いったらありゃしない。

「彼らが狂った原因は明確には分からない。けれど邪霊はそもそも闇属性という悪魔に近い性質を持つ精霊だからね、契約をする際に何が起きてもおかしくない」

「…………」

──やっぱ邪霊って怖いんだなぁ。

今更ながら俺は邪霊の危なさを改めて実感する。

相手にすれば積極的にこっちを襲ってくるし、契約しようとすると発狂させられてしまうって……今のところ邪霊の良いところが何も無いぞ。

「ちなみに例外として邪霊と契約できた精霊師が歴史上、一人だけいる。今から三百年ほど前、計七十二体にも及ぶ邪霊と契約した精霊師イーヴァン・クルーガだ」

イーヴァン・クルーガ。その精霊師の話はアーサー伝記にも出てくる程に有名だ。

この学院の生徒だけでは無く、この世界の歴史を知っている人間ならば誰であろうと一度は聞いたことのある名前の一人だろう。

「後に邪霊戦役と呼ばれる戦争を起こした彼は契約した邪霊たちを率いて各国の精霊師たちによって結成された精霊師連合と当時の地図を書き換える程の激しい戦闘の末に死亡。同時に彼の契約していた邪霊たちもその殆どが送還された」

七十二体の精霊との契約。聞くだけでも化物としか言いようのない精霊師だ。

多くの精霊師にとって契約を結べる精霊は一体、もしくは多くても三体までと言われている。というのも精霊契約は精霊と魂を繋《つな》ぐ契約である為《ため》、一体なら問題無いが複数体との契約となると魂に相応の負担が掛かるらしい。

俺は一度も契約したこと無いから知らんけどな!!

「ちなみにこの時に送還させることができず、封印という形で処理された四体の最上位の邪霊がいる。彼らは四凶と呼ばれて邪霊の中でも二つ名を与えられている特に危険な邪霊なんだけど、知っている人はいるかな？」

アルベルト先生の問いに学生たちの中には自信無さげな反応を見せる者が多く、そんな学生たちの様子を見た先生は苦笑を浮かべる。

「そしたらみんなには次回までに四凶についてレポートを出して貰《もら》おうかな。四体分はやらなくて良いから自分が気になった四凶の内の一体についてしっかりと調べてレポートを出すように。よろしくね」

「げっ」

近々、学位戦も控えているというのにレポート課題を出されてしまった。バイトもあるのに過労で死ぬぞ。

「何について書く？」

「どうすっかな。とりあえず比較的文献があるヤツかな」

四凶といえば闇冥龍《あんめいりゆう》、魔龍《まりゆう》、羅刹鬼士《らせつきし》、堕天使の四体がいた筈《はず》だ。けど確か……堕天使に関してはとにかく文献が少なかった筈だ。となると堕天使についてレポートに纏《まと》めるとなると面倒だろう。調べるとすれば残りの三体の内のどれかだろう。

正直面倒臭いが丁度、邪霊について調べたいと思っていたし良い機会だろう。学位戦もあるし、今の内にさっさと調べて纏めておこう。

とそんなことを考えているると講義の終わりを告げるチャイムが鳴り響き、アルベルト先生が「課題忘れないようにね」と一言だけ述べて駆け足気味に教室から出て行った。

「ローク、お腹空《なかす》いた。学食行こう」

「はいはい、まだ写し終わってないから待ってね」

俺はリリーに急《せ》かされながら黒板に書かれている内容をノートに写し終えると教室を出て食堂へと向かった。

＊＊＊＊＊

ユートレア学院は優秀な精霊師を育成する為に国から多くの援助を受けており、あらゆる設備が高水準で整えられている。

その代表的な設備の一つが食堂だ。これは食堂の内装や広さだけではなく、調理場の設備や料理人も含めての話である。一流のシェフと品質に拘《こだわ》った食材、そしてそれらを生かす為に設置された最新鋭の調理設備……全ては学院に通う学生たちに満足のいく食事を摂《と》って貰う為だ。加えてそれらの料理がリーズナブルな価格で提供されている為、食堂が開いている間は常に多くの学生が食事をする為に訪れている。

「相変わらずの混み具合だな……」

昼時からはズレている筈なのに賑《にぎ》わっている食堂を眺めて思わず溜息を漏らす。確かに下手な店に食べに行くくらいならば学食で済ませた方が安いし美味《おい》しい。

実際、年中金欠の俺からしたら学食は生命線とも言える。だから食堂が混むのは理解できるが……毎度毎度のことながら席を探すのは非常に疲れる。

「あ、セリア」

「あら、二人とも」

隣のリリーがボソリと呟《つぶや》いたのでその方向へと視線を向けると、丁度席を確保したらしいセリアがこちらに向かって手を振っていた。どうやら彼女も今から少し遅めの昼食を取るようだ。

「今からお昼？」

「まぁな」

「なら一緒にどう？　丁度、前の遺跡探索のお礼もしたかったし、奢《おご》るわよ？」

「マジで？　是非是非、ご一緒させてくれ」

奢ってくれるというのならばわざわざ断る理由は無い。有難く彼女の提案に乗り、三人で昼食を取ることにした。

リリーと共にセリアに続くと学食のメニューを選んで注文をする。俺はビーフシチューを選び、リリーはステーキ、セリアはスパゲッティをそれぞれ注文した。

「にしても邪霊には本当にビックリしたわね」

俺たちの料理の分も纏めて料金を払い終えたセリアはトレーに載って出てきた料理を受け取りながら心底驚いたという口調で口を開いた。

「そうだな、確かにあれは予想外だった」

彼女と同じく注文した料理を受け取りながら俺は同意する。

邪霊なんて今の時代では滅多に見ない。というのも邪霊戦役をきっかけに精霊師による邪霊狩りが行われ、大量の邪霊が送還されたことが大きいだろう。

一時的に数を減らしたこと、また生き残った邪霊たちも邪霊狩りの影響か、今となっては彼らが人類の文化圏に侵入してくる機会がめっきり減った。お陰で邪霊を見ることもなく生涯を終える人もいるくらいだ。

尤《もっと》も邪霊が絶滅したなんてことはあり得ず、定期的に目撃情報は報告されるし国家精霊師となれば出会う機会も決して無いことは無いだろう。

「むぅ、私も見たかった」

隣でトレーを持ちながら不満げにリリーが呟く。

確かに彼女は待機組だった為、邪霊と遭遇することは無かった。

「いや、あんなの会わないに越したことは無いわよ」

「ああ、マジで死ぬかと思ったし……」

生の邪霊の放つ圧は本当に凄《すさ》まじかった。一応、前に学院で標本として保管されている闇の微精霊を見たことがあった。流石《さすが》に邪霊とは言えないまでも、それでも彼らの持つ闇属性特有の禍々《まがまが》しい霊力を感じることはできた。

確かに不気味だとは感じたが、それでもこの程度なら平気だと、内心で笑い飛ばしていたが、やはり邪霊と微精霊では全然違った。めっちゃ怖かった。

「……でも羨ましい」

けれど、どれだけ危険だったとしても知的好奇心が旺盛なリリーにとっては生の邪霊を見る貴重な機会を逃したことが相当悔しいようだ。

「まぁまぁ、きっとまた会う機会はあるわよ。それより料理が冷める前に食べましょう」

「俺は別にまた会いたくは無いけどな……」

あんなエンカウントが何度もあったら命が持たない。あんなイレギュラーは今回の一度っきりにして欲しいものだ。

そう思いながら席に着くと俺たちは各々頼んだ料理に手を付け始めた。

「もぐもぐ……」

「リスみてぇ……」

眼前で注文したステーキの一切れをその小さな口の中に放り込んでは頬を膨らませなが

ら食べるリリーの姿はどこか小動物を彷彿《ほうふつ》とさせ、隣でセリアは微笑《ほほえ》ましそうに眺めている。

まぁ、気持ちは分かる。俺もリリーの膨らんでいる頬を指で突《つつ》きたいし。

「そう言えばローク君、学位戦に名前載ってたわね」

「ああ、早速だよ。クソ……」

「しかも相手はオーフェリアでしょ？　最初からヘビーね」

「笑い事じゃねぇよ」

クスクスと楽しそうに笑うセリアを俺は半眼で睨《にら》みながら呟く。他人事《ひとごと》だから仕方ないとはいえ、真面目に困っている身からすると若干イラッとする。けれどもそんな気持ちもビーフシチューの濃厚なデミグラスソースの味によって浄化される。

セリアさん、奢ってくれてありがとうございます。

「あ～あ、本当は私が戦いたかったのにな～。折角、色々対策考えてたのに」

「そういう事って本人の前で言う？」

「もぐもぐ」

対策とかいう単語を聞いた時点で俺のセリアに対する戦闘意欲はゼロを超えてマイナス域に突入した。っていうか、そもそも契約精霊いない奴《やつ》に一体どんな対策をするっていうんですか？　教えてくれません？

「フフフ、次に私と学位戦で戦う時は契約精霊を呼び出す準備をしておいた方が良いかも知れないわよ？」

「もぐもぐ」

「………頭の片隅に留めておくよ」

まぁ、本当に留めておくことしかできないけどな。契約精霊いないから。

あとリリー、お前はさっきから美味しそうにステーキを食べるな。俺もそっちにすれば良かったと思い始めてきたよ。

＊＊＊＊＊

学位戦がどんなに嫌だろうとセリアの言動に戦々恐々としようとも月日は残酷にも流れ続ける。

「邪霊学か。また難しい内容を勉強しているね」

「師匠。何か四凶についての資料があれば貸してくれませんか？」

その日、バイト先であるオーウェン師匠の家へと来た俺は部屋の整理ついでにアルベルト先生から出されたレポート課題用の資料を借りようと考えていた。

「いいよ、好きなだけ持って行くといい」

「ありがとうございます。ところで資料はどこら辺にありますか？」

「さて、どこら辺だったかな。邪霊についてはここ最近はあまり調べてなかったからな。多分ここら辺にあると思うんだけど……」

「お気持ちはとても有難いですけど、俺が整理している側《そば》から部屋を散らかしていくのは止《や》めてくれませんか？」

資料の貸出しを快諾してくれた師匠はそのまま棚に入っていた資料を片っ端から取り出しては床に散らしていく。資料を探してくれるその気持ちは非常に嬉《うれ》しいがこのまま部屋を散らかされると仕事が終わらなくなってしまう。

「お、あったあった」

床に紙と本の山が積み上がりそうになってきたのでストップを掛けようと口を開きかけたタイミングで師匠は無事、四凶の資料を発見したようで本棚から何十枚という紙束と古びた本を取り出した。

「これなんてどうかな？　内容は闇冥龍《あんめいりゅう》アペプスが中心ではあるけれど、結構色々な情報が載っている筈だよ」

「ありがとうございます。助かります」

言いながら俺は師匠から資料を受け取る。

興味本位で数枚ページをめくってみるとぎっしりと書き込まれた文章と何かの場所らし

き絵があった。何についての絵かは分からないが数ページでこれならばレポートを書く分には問題無いだろう。

「すみません。5日後にはお返ししますので少しお借りします」

「いいよ、そんな焦らないで。君、近い内に学位戦も控えているだろう？　別に直近でその資料が必要になる予定は無いし好きなだけ持っているといい」

「ありがとうございます。でしたら資料は少し長めにお借りします」

　師匠の言う通り学位戦の準備も並行して行う必要があるので長めに借りることができるのは有難い。師匠の迷惑にならない以上は素直に好意に甘えるとしよう。

「にしてもルナの遺跡では派手に暴れたみたいだね。珍しくシグルムが疲れ切っていたよ」

「ちょっとイレギュラーが色々ありまして。正直、久しぶりの古代遺跡の探索とあって浮かれていたみたいです」

「ハハハ、学生なんてそんなものだよ。僕も学生の頃は遺跡探索中に祠《ほこら》を破壊したりして怒られたものさ」

「えぇ、それ大丈夫だったんですか？」

「問題だらけさ。なんか封じられていたらしいヤバい精霊は出てくるし、仲間には怒られるしで大騒ぎになったけどまぁ、最後には何とかなったよ」

「よく何とかなりましたね……」

ハハハと笑う師匠だが、聞く限り遺跡に封じられていた精霊なんて師匠レベルの実力が無ければ大惨事になってたんじゃないだろうか……。というかそんな危険な出来事を笑い話にできるのもこの人の実力があってこそだろう。

とそこで師匠の思い出話を聞いていた俺は師匠に尋ねておきたいことがあったのを思い出し、話を切り出した。

「そう言えば師匠、邪霊について聞きたいことがあるんですけど良いですか？」

「邪霊との契約についてかい？」

俺の質問を既に分かっていたらしい師匠は、考えていた質問の内容をピタリと当てられて動揺する俺を見るとやはりといった様子で笑った。

「………俺ってそんな分かりやすいですか？」

「まぁ、君の現状を考えればね。邪霊について聞きたいことと言われた時に契約のことが最初に思い浮かぶのは至極当然のことだと思うよ」

そう言われてみると確かにそうかも知れない。確かに俺も逆の立場で聞かれたならば師匠と同様に契約のことが真っ先に頭に浮かぶ気がする。

「で、邪霊との契約についてだけど………オススメはしないよ、当たり前だけど」

「………」

ですよね。そりゃ、そう言いますよね。

「明確な法律こそ無いけど、この国じゃ邪霊との契約は実質的に禁忌扱いだしね。仮に契約できたらできたで大騒ぎだよ」

「ちなみに禁忌扱いされている理由って？」

「恐らく講義で聞いたであろうこと全てだよ。契約したら精霊師が発狂することや邪霊戦役と呼ばれる邪霊の契約者が引き起こした戦争の歴史、周囲の人間や精霊を積極的に襲う邪霊の習性。それに闇という属性自体の危険性と……まぁ、挙げてくとキリがないね」

「……なるほど」

改めて内容を聞くと確かに禁忌扱いされるのも頷《うなず》ける話ばかりで、俺でも邪霊ならばと淡い期待を抱いたが……やはり俺如《ごと》きには到底無理な話だったのだろうか。

「……ロークが何を考えているかは敢《あ》えて聞かないけれど、何をするにしても今の君では難しいと思うよ」

「……どういうことですか？」

突然の否定の言葉に俺は困惑しながら尋ねる。何故《なぜ》いきなりこんなことを言われたのか、まるで理解できない。

困惑する俺に師匠は少しドヤ顔気味に口を開いた。

「精霊師としての在り方の話さ」

「……在り方……ですか？」

やはり意味が分からない。どういうことだ？

答えを教えてくれと俺は視線で師匠に訴えてみるが、師匠はどこか楽しそうに微笑むだけで答えてくれる様子は無い。何故だ。

「別に教えても良いんだけど、やっぱりこういうのは師匠的には自分で気付いた方が良いと思うからさ」

「なら教えて下さいよ」

「すぐに教えたらつまらないだろう？　折角だからもう少し悩むと良い。それにほら、もうすぐ話していた学位戦の時間じゃないか？」

「えっ、あっ！　やべッ!?」

壁に掛けられている時計へと視線を向ければ確かに試合の時間が迫っている。ここからだとマジで急いで学院に行かないと間に合わない！

「ほら、さっさと行きたまえ。今日の学位戦はしっかり見ておきたいんだろう？　答えについてはまた次の機会に話そう」

「くッ！　今度絶対に聞かせて貰《もら》いますからねッ!!」

「ハッハッハッ！　悩めよ、少年」

俺は周囲の物だけさっと片付けるとどこぞの悪役の如き捨《す》て台詞《ぜりふ》を吐きながら部屋を飛

び出していく。

背後から聞こえてくる高笑いを上げる師匠の声が腹立たしくて仕方なかった。

＊＊＊＊

学位戦は基本的に全ての講義が終わった放課後に実施される。

というのも元々は対戦する学生たちのみ講義への出席を免除する形にして学院側が指定した時間に学位戦を行っていたのだが、成績上位陣の試合を中心に観戦しようとする学生で溢《あふ》れた上に講義をサボろうとする学生が増加した為《ため》、今ではほぼ全ての試合が放課後に実施されるようになった。

なので今日は午前中の講義しかなかった俺は午後をバイトに充てて放課後に戻れば良いだろうと考えていたのだが、見事に油断した。

「はぁッ！　はぁッ！　間に合ったかッ!?」

時刻的には試合数分前くらいといったところか。何とか学院に到着した俺は校門を潜《くぐ》り抜けて闘技場へと走る。

とりあえず雰囲気的に試合が始まっている様子はまだ無い。全力で走った甲斐《かい》もあり、どうにか時間に間に合った俺は呼吸を整えながら学院が誇る闘技場へと向かった。

中に入ると途端に喧騒《けんそう》に包まれ、闘技場は祭りでもやっているのかと勘違いしてしまいそうな程、多くの学生たちでごった返していた。

「流石《さすが》はガレスの試合か」

やはり今日はガレスが戦うということもあってか、二年生や新入生たちを中心に普段よりも多くの学生が闘技場に集まっている。

特に一年生に関しては初めての学位戦ということもあってかほぼ全員が集まっている。これだけの学生がいるとなると流石に席は残ってないか。

新学期一回目の学位戦、加えてガレスが一番手な時点でこうなる事は予測がついていた筈《はず》なのに師匠との会話に熱中して完全に出遅れてしまった。

「あ、ローク先輩！」

席を探すことを諦めて外の中継から試合を見ようかと考えていると喧騒の中で俺の名前を呼ぶ声が聞こえた。誰だろうかと声の主に視線を向けてみると俺に向かって大きく手を振っている少女、共に古代遺跡を探索した後輩の姿があった。

その隣には新入生歓迎会で同じ班にいた目を前髪で隠した少女がこちらにペコリと頭を下げていた。確か名前はメイリーだったか。

俺は見覚えのある後輩たちを目にして挨拶をするべく彼女たちの座る席へと近付いた。

「レイアも学位戦を見に来たのか」

「はい、友達が二回戦に参加するので。それにガレス先輩も試合に出るようなので一緒に見ることができればと」

「へぇ、友達が……」

その言葉に釣られて三つのブロックに分けられた内の一つ、一年生ブロックへと視線を向けると壁に背を預ける黒い長髪を靡《なび》かせる少女がいた。確か彼女も新入生歓迎会で同じ班だった筈だが、あの会をキッカケに交友関係を築いたのだろうか。

だとしたらあの苦痛の時間も無駄では無かったなと思いながら俺は改めてメイリーに挨拶をした。

「君はメイリーさんだったよね？　覚えているか分からないけど、新入生歓迎会の時に挨拶させて貰ったローク・アレアスです。改めてよろしくね」

「は、はい！　メイリー・ノーストです！　あのローク先輩に名前を覚えて頂いて光栄ですッ！　ここ、こちらこそよよよろしくお願い致しますッ!!」

「あの、そこまで畏《かしこ》まらなくても大丈夫だから顔を上げてくれ」

ガチガチに緊張した様子で自己紹介しながら頭を下げるメイリーに俺は引き攣《つ》った笑みを浮かべながら頭を上げるように言う。

気付けば周囲からの視線が集まっている上に新入生に頭を下げさせているこの状況は間違いなく余計な噂《うわさ》を流される。一刻も早く顔を上げて欲しかった。

「ほら、メイリー。先輩もああ言っているし、顔を上げて」

「で、でもあのローク先輩だよ!?」

「大丈夫だよ、そんな礼儀気にする人じゃないから。私なんか失礼な態度取ったけどこうして仲良くさせて貰っているし」

あの古代遺跡探索の一件からレイアの俺に対する態度は軟化しており、今では数少ないというか唯一の会話ができる後輩となっていた。と言っても学院で会ったら挨拶する程度の関係ではあるが、それでも後輩と仲良くできるか不安に思っていた俺からすれば喜ばしい関係だ。

というか、メイリーの俺に対しての怯《おび》えよう酷《ひど》くない？　それにあのローク先輩って、また俺の知らないところで何か変な噂が流れているのか？

『まもなく学位戦、第一回戦を開始します』

と一年生の間にまた変な噂が流れているのではないかと懸念を抱いている内に学位戦開始を告げる放送と共に合図である鐘の音が闘技場に鳴り響いた。

「ローク先輩、良ければ一緒に見ますか？」

「相席しても良いのか？」

「はい。丁度、隣は空席のようですし、構いません」

学位戦を生で座って観戦することができるのは非常に助かる。ここは後輩の好意に甘えるとしよう。

「ありがとう。そしたら隣、失礼する」

「はい、どうぞ」

地味に「ひぇっ」と悲鳴を上げたメイリーの反応にショックを受けながらも俺は腰を下ろすと視線をガレスの試合へと向ける。

既にガレスと対戦相手は精霊を顕現させており、お互いに出方を窺《うかが》っているのかそれ以上の行動をせずに睨《にら》み合っているが……。

——アイツ、魔剣抜かない気か？

ガレスに関しては腰に帯びている魔剣に手を掛ける様子が無い。今回の試合では魔剣を使わずに精霊と霊術のみで戦うつもりなのだろうか。

「あれ？　ガレス先輩、剣を抜かないんですか？」

「みたいだな。まぁ、何かしら意図があるんだろうけど……おっ、動いたな」

先に動いたのは相手の学生だった。

その背に炎を滾《たぎ》らせる虎を彷彿《ほうふつ》とさせる姿をした契約精霊が主人の指示に従って吠《ほ》えると同時に人一人を優に呑《の》み込めるであろう火球をガレスへと向けて放った。

無論それを素直に喰《く》らう訳もなく、ガレスとベオウルフは迫り来る火球をそれぞれ危なげなく左右に跳んで躱《かわ》すとそのまま相手に向かって突っ込んでいく。

「やれ、ベオウルフ」

ガレスの指示の下、今度はベオウルフが駆けながら咆哮《ほうこう》を上げた。ベオウルフの咆哮と同時にベオウルフとガレスの間を遮るように幾つもの巨大な氷柱が生え、そのまま地面を這《は》うように相手へと迫っていく。

「ぐっ！」

相手は迫り来る氷柱の群れを前にして思わず顔を顰《しか》めるとガレス同様に精霊と左右に分かれるようにして回避行動を取る。お互いの姿は氷柱によって見えなくなり、一時的にではあるが精霊と完全に分断される形となった。

そしてその状況こそがガレスの狙いだったのだろう。

「氷牙剣《ひようがけん》」

ガレスは霊術によって氷の片手剣を生み出すとその手に摑《つか》み取り、相手に向かって駆け出して一気に距離を詰めていく。対する相手も迫って来るガレスを前にして掌に火球を生み出して迎撃の態勢を取る。

相手の対応は悪くない。寧《むし》ろ咄嗟《とっさ》の判断にしては見事なものだろうが残念ながら相手が悪かった。ガレス目掛けて解き放った炎は一瞬にして真っ二つに斬り裂かれる。解けた氷が水蒸気を生み出して視界が曇る中、新しく氷剣を作り出し、そのまま勢いを落とさずに迫ってきたガレスによって相手は首元に剣を突き付けられる。

そもそも精霊師自身の身体能力の高さだけで言えば恐らくガレスは二年生の中でも一、二を争う身体能力の高さを誇っている。精霊と分断されて精霊師同士のサシでの勝負になった時点で相手の勝ち目は潰《つい》えていた。

加えて相手の契約精霊はというと主人の危機を察知こそしていたが、氷柱によって援護を妨害された上にベオウルフによる攻撃も受け、まともに援護することもできずに氷柱の前でベオウルフに押さえ付けられていた。

完全に戦略負けである。

「終わりだね」

「…………」

呆然《ぼうぜん》とした様子の相手にガレスがそう告げながら氷剣を消すとそのまま二年生ブロックの試合の終了を告げる合図が鳴り響いた。

開始から十分も経《た》たずに終了したあまりにも速い試合展開に闘技場で観戦していた学生たちから驚愕《きょうがく》と称賛の声が上がり、一際賑《にぎ》やかになる。

「す、凄《すご》いですね」

「本当にな」

信じられるか？　学院の序列上では俺、一応アイツより強い扱いなんだぜ？

ガレスが学位戦の相手じゃ無くて良かったと俺は内心で安堵《あんど》しながら他の試合へと意識

を向ける。

「次が燈《あかり》さんの試合ね」

「が、頑張って!!」

「ふむ……」

レイアとメイリーの会話を耳にしながら俺は視線を月影燈《つきかげ》へと向ける。

彼女は歓迎会の時と同様に剣を帯びている。確かアレは東方で扱われる刀と呼ばれる刃が片側にのみある特徴的な剣だった筈だ。

やはり彼女もガレス同様に精霊に戦闘を任せるのではなく、自身が主軸になって戦うタイプなのだろうか。とそんなことを考えている内に試合開始の時間となった。

『第二回戦、開始します』

再び開始の合図が鳴り響き、各フィールドで学生たちがそれぞれ契約精霊を呼び出して戦闘に備える中で彼女は既に動き出していた。

「えっ?」

横から聞こえた声はレイアのだったか、それともメイリーのだったのか……分からないが、多分どちらにしても似たような反応をしていただろう。俺も、それに彼女の試合を見ていた大半の学生たちや教員も呆《ほう》けた顔をしていたに違いない。

あろうことか燈は精霊の召喚を行わず、霊力による身体強化を行うなり相手に向かって駆け出した。

「なッ!?」

まさかのワンテンポ早い動きを前にして相手の一年男子――――名は確かジル・ロクスティアだったか――――は完全に虚を衝《つ》かれる形となった。それでも咄嗟に霊術を行使しようと霊力を練るが……。

「遅い」

霊術が発動する前に燈は鞘《さや》から刀を引き抜くとそのままジルの身体《からだ》をすばやく逆袈裟《ぎやくけさ》に斬り上げる。

「ぐッ！　吹き飛べッ!!」

完璧に入った胴への一撃。腹部から鮮血を流し、痛みで顔を歪《ゆが》めるジルはそれでも倒れることなく霊術を発動させる。

掌に溜《た》め込んでいた圧縮された風が燈の眼前で爆発し、その凄《すさ》まじい風圧に彼女は勢いよく吹き飛ばされて初期位置辺りまで後退を余儀なくされる。

けれども燈の身体には傷一つなく、逆に相手は肩から胴体にかけて赤い線が刻まれている。たった一瞬、されどその一瞬にして既に試合の勝敗は決まったと言って良いだろう。

「……くっ……」

「頑丈だね」

肩に小さな羽を生やした小人の精霊を乗せるジルは苦しげな声を漏らしながら燈を睨み付け、対して彼女は余裕そうな笑みを浮かべながら痛みに耐える彼の根性を褒めた。

その一方で闘技場内は彼女のある種、不意打ちとも呼べる行為にザワザワと俄《にわか》に騒がしくなり始める。

けれども別に精霊を呼ぶ前に仕掛けてはいけないなんてルールがある訳でも無ければ、燈の一太刀はあの一年男子が油断さえしなければ躱すことも可能だった筈《はず》だ。少なくともガレスを筆頭として二年生の上位順位者たちは躱すことができる。

というか似たようなことを一年生の時に既に俺が何度か実行して騒ぎになっている。

この速攻作戦を実行したのが今まで俺以外にいない上に、俺も何度か行った時点で対策されて使わなくなっていたので、二、三年生の中にはどちらかというと久しぶりの速攻作戦に怒るよりも驚愕している学生が多い様子だった。

「辛《つら》いなら降参しても良いよ？」

「一回戦目から黒星は嫌なんだよ」

「そう」

残念と言わんばかりに呟《つぶや》く燈に対して、ジルは風で巨大な矢を五つほど形成するとその全てを解き放った。

空を裂いて飛来する風の矢の群れを前にして彼女は駆け出すと緩急を付けながら闘技場

を動き回り、一本一本迫って来る風の矢を身体を捻《ひね》りながら危なげなく躱していく。

その燈の動きに全ての矢が避けられると判断したジルはすぐに次の霊術を発動させた。

大きく腕を薙《な》ぐと三日月型の風撃が地面と平行に燈に向かって地面の砂を巻き上げながら突き進んでいく。

「むっ」

最後の矢を跳躍しながら躱したところを狙って放たれた風撃は見事に彼女の着地のタイミングに合わせられており、その事実に少しだけ燈の顔が歪む。けれども次の瞬間には納刀していた刀を引き抜いて一閃《いっせん》、迫ってきていた風撃を見事に斬り裂いて霧散させた。

「なッ!?」

「今のは悪くないね」

ジルの技を採点するかのような呟きをした燈は刀を手にしながら綺麗《きれい》に着地すると髪や制服に付いた砂を払った。

「あ、燈ちゃんって何だか……」

「そ、そうね」

「何だあいつ……」

同級生の予想外の戦い方に困惑した様子で話している隣の二人に同意するように俺は口を開いた。精霊を呼び出さない戦い方は定石を無視しており非常に異様だ。あんまり俺が言えた義理ではないけど。

というか本来なら精霊無しで戦うのは相当不利な筈なのだが彼女はその高い身体能力によって相手を圧倒してしまっている。

彼女自身、意図していないだろうが戦い方が俺と似通っている。もしかして彼女も精霊と契約していないとかそういう深い事情があるのだろうか？

「次はこっちの番」

変に親近感を抱きながら燈を眺めていると、駆け出した燈が独特のステップを踏んだ途端に彼女の身体が七つに分身した。

「へっ？」

「いや分け身って……それもう騎士の技じゃん」

メイリーが再び素っ頓狂な声を漏らしている横で俺は呆《あき》れ交じりに呟いた。

霊力による肉体強化と緩急を付けた独特の歩法によって残像を生み出す分け身と呼ばれる技は精霊師という存在が台頭する以前、精霊と生身で戦っていた騎士たちが使用していた技術の一つだ。

精霊師である燈が何故《なぜ》この技を習得するに至ったのかは知らないが、彼女は本当にゴリゴリの戦士タイプらしい。あんな技が使える学生は、精霊師が台頭してくる以前の騎士の家系であったオーロット家の嫡男であるガレス以外に知らない。

何ならガレスでさえ分身三人分が限界だった筈だが……。

「クソッ!!」

刀を構えて次々に斬り掛かってくる燈を前にしてジルは怒りの声を漏らしながら霊力の籠った風を放った。放たれた風は眼前で刀を振り上げていた燈を襲うが、風が直撃した瞬間にその身体は霧散し、次の燈が今度は低い体勢から刀で斬り上げようと踏み込んでくる。

「はぁッ！」

咄嗟にジルは風を纏《まと》って大きく跳躍することで一刀を躱すと振り切った無防備な姿の燈に小型の空気を銃弾の如《ごと》く放ち、その身体を穿《うが》つがこれも本体では無かったようで直撃するや否や霞《かすみ》のように消滅してしまった。

「甘い」

「ッ!?」

予想以上に間近から聞こえて来る声にジルが顔を上げれば、既に眼前には刀を振りかぶる四人の燈の姿があった。とっくに回避や防御が間に合わないことを悟りながらもジルは霊術による防御を展開しようとして――――。

「ふッ！」

「ガッ！」

四人の燈による斬撃が放たれ、ジルの胴体に幾つもの赤い線が刻み込まれる。直後に攻撃を浴びながらもジルが発動した霊術によって発生した突風が四人の燈に襲い掛かった。

突風によって燈の足が地面から浮き上がり、動きが止まる。この好機を逃さないとばかりに追撃を仕掛けようとしたジルは、けれども未《いま》だ消滅しない一体の残像を前にして目を見開いた。確かにあの技術は特殊な歩法によるものだ。

動いていないのに分身が残っているのはおかしい。何が起きている？

「驚いてくれた？」

ニヤリと笑みを浮かべる燈の背後から刀を逆手に持ったもう一人の燈が刀に霊力を込めると横一閃、ジルを目掛けて斬撃を放った。

動揺によって僅かに動作の遅れたジルも風を放つことで迫ってきていた斬撃を相殺するが、余波によって後方へと吹き飛ばされる。

「くッ！」

「はい、詰み」

地面に転がったジルは瞬時に立ちあがろうとしたが、それを制するように彼の首元に刀を突き付けた燈が立っていた。

同時に試合終了を告げる鐘が鳴り、燈の勝利が確定した。

＊＊＊＊＊

「い、一体どういうこと!?　どうして燈が二人にッ!?」

「いや、恐らくあれは……燈さんの契約精霊だと思う」

「まぁ、そう考えるのが妥当だな」

気付けば二人に増えている燈に困惑するメイリーに対してレイアが自信無さげではあるが、自身の予測を口にした。隣に座るロークも彼女の言葉に同意を示す。

どちらが本物か全く分からないほどの精巧な分身。二人の容姿からまとっている霊力に及ぶまで模倣できるとすれば精霊の力と考えるのが妥当だろう。

「燈ちゃん、凄《すご》いね」

「そうだね……」

メイリーの言葉にレイアは首肯する。新入生歓迎戦に参加していなかったので彼女の正確な実力は分からなかったが、それでも相応の実力の持ち主だろうと予測はしていた。しかしここまでとは思わなかった。

何なら実戦においての総合能力で言えば自身よりも上かも知れない。先の遺跡探索において自らの判断能力や対応能力の低さを実感したばかりのレイアは内心で燈への認識を改めながら気を引き締める。

最初の入試試験において学年首席の地位を獲得することができたが、これは油断しているとあっという間に他の同級生たちに追い抜かれてしまう。

「ッ！　まだだッ！　まだ僕は戦えるッ‼」

「そう」

響き渡るジルの声にレイアは意識を現実へと戻す。そこには試合が終了したにもかかわらず尚《なお》も立ち上がろうとするジルとそんな彼に向かってゆっくりとした動作で刀を振り上げる燈《あかり》の姿があった。

「えっ？　燈ちゃん、どうしたの？　もう試合は終わっているんだよね？」

「うん、その筈だけど……まさかッ‼」

レイアは思わず叫びながら立ち上がる。

霊力を纏い始めた刀身を見てレイアの中で予感が確信に変わる。ジルの叫びが燈の闘志に再び火を付けてしまったのか、彼女は既にほぼ戦闘不能状態である筈のジルにトドメを刺すつもりだ。

一部の生徒たちも燈のその動きに気付いたようで焦った様子を見せるが既に遅い。教員の一人が「即刻武器をしまいなさいッ‼」と叫んでいるが、まるで聞こえていないのか彼女は見向きもしない。

――止めなくちゃッ！

レイアは即座にサラマンダーを呼び出して燈を止めようとするが時既に遅く、燈は無情にもジルを真っ二つに斬り裂く勢いで刀を振り下ろした。

「どういうつもりだ？　月影《つきかげ》」

けれど会場に響いたのは肉を裂く音でも無く、ジルの悲鳴でも無く、剣と剣が衝突した甲高い金属音と二年生ローク・アレアスの声だった。

「えっ？」

呼び出したであろう剣精霊で燈の刀を受け止めるロークの姿を目にしたレイアは思わず隣の席へと視線を向ける。

するとそこは元から誰も居なかったかのように空席になっており、先程までいた筈の先輩の姿は無かった。

「えっ？　えっ!?　ローク先輩ッ!?」

同じく自分の側《そば》にいたメイリーもロークが動いたことに気付かなかったようでいつの間にかジルと燈の間に割って入っていたロークに驚愕《きょうがく》と困惑が交ざった表情を浮かべながら空席とロークの姿を交互に見ている。

「いつの間に……」

欠片《かけら》も悟らせない静かかつ素早い動きに思わずレイアは目を見開きながらロークの姿を眺める。

　このままではいけない、けれど自分たちではどうすることもできないと事態の推移を静観していた学生たちも燈の刀を防ぐロークの姿に驚いた表情で視線を向けていた。

「試合は既に終わった。刀をしまえ、月影」

「ローク・アレアス……先輩」

　そんな周囲の視線を無視しながらロークは腕に力を込めて振り下ろされた燈の刀を弾《はじ》くと納刀するように未だ戦意を滾《たぎ》らせている後輩へと告げる。

　目の前に現れたロークを前にして燈は戦闘中にはついぞ見せることのなかった明確な笑みをその美しい顔に浮かべた。

「君の勝ちだ。おめでとう」

「…………」

　それで話は終わりだと。

　言外にそう告げて返事の無い燈に背を向けるロークに対して彼女は先輩の言葉に従うかのように刀を鞘《さや》へとしまう。

「月影流　虚空」

　そして燈は無防備なロークの背中を目掛けて鞘から刀を引き抜くと何の躊躇《ためら》いもなく高速の居合の剣撃を放った。

　再び闘技場内に耳を劈《つんざ》く甲高い金属音が鳴り響く。

音源へと視線を向ければ今し方、燈が振るった一刀を視線すら向けずに背中に剣を回して受けたロークの姿があった。

いや、正確に言えば放たれた斬撃は一度だけでは無いとロークは僅かに時を置いて二度三度と腕に伝わってくる衝撃を感じながら理解する。

どうやらあの一瞬で数撃分の斬撃を叩《たた》き込んでいたらしい。防いだ腕に痺《しび》れが残るほどの斬撃を放たれて戦々恐々としながらロークが燈へと視線を向けると彼女は嬉《うれ》しそうに微笑《ほほえ》んでいた。

「流石《さすが》」

「お褒めの言葉は素直に受け取るけど……本当にどういうつもりなんだ？　月影さん」

――――今、完全に終わる流れだったじゃん。何で斬り掛かって来たの？

比較的穏便に話を終わらせようと思ったのに彼女の放った斬撃によって再び場が不穏な雰囲気に包まれた。というか後輩を助けに入ったのは良いが、完全に燈の実力を見誤ってしまった。

霊術なのか精霊の力なのかは知らないが燈は二人に分身している。加えて先程のジルとの戦闘を見ている限り、分身体の実力も本人との差異はほぼ無いと言って良い。

非常にマズい。これなら他に任せて出てくるんじゃ無かった。

さっきは運良く防げたが、先程の一撃を放てることを考えれば油断すると次の瞬間には首が地面に落ちているなんてこともありそうだ。

「別に……そこの彼が試合を続けようとしたから応じただけ。にしても誰が来るかと思ったけど、真っ先に出てきたのはやっぱり先輩だったね」

「お前……」

――気付いていたのか。

燈がジルに剣を振り下ろそうとしたタイミングでカバーに入ろうとしていた人物は実はローク以外にも教員を含めて何人もいた。

ただ教員を除いた、ミーシャを筆頭とした学生たちがカバーに入ると今度は燈たちの命が危うくなるのではと思い、他の学生たちより素早く動くことにしたロークだったが、今の状況を考えると逆に良くなかったかも知れない。

「良かった。どうせなら先輩とは一度こうして剣を交じえてみたかったんだ」

「……何故《なぜ》？」

「学位戦の記録とか見たけど先輩くらいだからね。契約精霊も呼ばない、学院内で本当に底が見えない人は」

今この後輩にそれは契約精霊がいないからだよと教えたらどうなるのだろうか？

実は今、君が見ているものが底ですと言ったら燈はどんな反応をするのか、その姿に僅かに好奇心が湧く。

言ってみたいとは欠片も思わないが……。

「で、呼ばないの？」

「逆に呼ぶと思ったの？」

ニコリと感情の読めない笑みで尋ねてくる燈にロークはヤベェ奴《やつ》に目を付けられてしまったかも知れないと冷や汗を流しながら言い返す。

「なら呼ばせてあげる」

「そうなるの？」

燈が宣言すると同時に背後に控えていたもう一人の燈も刀を構えた。どうやら彼女は本当にやる気らしい。

もう完全にバーサーカーちゃんです。勘弁して下さい。

内心でそう嘆きながらロークも剣を構えようとしたところで二人の間に刃の如《ごと》く鋭い水流が走り、境界線を示すかのように地面に一本線を刻んだ。

「はい、二人ともそこまで。まだまだ力が有り余ってるかもしれないけど、後ろがつっかえてるから試合終わったなら出てった出てった」

そんな一触即発の雰囲気を散らすようにパンパンと手を叩きながら現れたのは、学位戦の審判の役割を担っている教員の一人、カイル・マディソンだった。

煙草《たばこ》を咥《くわ》えながら呟《つぶや》く彼の背後には契約精霊であろう水色の鱗《うろこ》に覆われた細長い胴体を

くねらせる蛇とも竜とも取れる姿をした水精霊が控えていた。

　恐らくはこちらの様子を見て止めないとマズいと判断して出てきてくれたのだろうが正直、助かった。

　思わず安堵《あんど》の息を漏らすロークを一瞥《いちべつ》したカイルは煙草を口元から離して灰色の煙を吐き出すと吸殻を地面に投げ捨てながら未《いま》だ臨戦態勢を解かない燈へと視線を向ける。

「ほら、お前もさっさと行った行った。これ以上、騒ぎ起こしたら色々と面倒になるのはお前の方だぞ？」

「…………失礼しました」

　カイルの背後で水精霊が「俺は戦うぞッ！」と言わんばかりに唸《うな》り声《ごえ》を上げている中、数秒程の逡巡《しゅんじゅん》の後に燈はゆっくりと納刀して臨戦態勢を解いた。

「まぁ、俺も昔は弾けていたし気持ちは分かるけど程々にな？」

「……はい。先輩もまたね」

「いや、もう大丈夫です………」

　燈が踵《きびす》を返してもう一人の自身と接触するとそのまま一体化するように片方が消え、一人に戻った彼女は出口へと向かって歩く。

　出口へと消えていく燈の小さな背中を眺めるロークはできるだけ彼女とは今後関わりませんようにと心の中で静かに願った。

「ふぅ、大人しく行ってくれたか」

「先生、ありがとうございます」

「いやいや、にしてもアイツはなかなかのバトルジャンキーだな」

助けてくれたことにロークが感謝を述べるとカイルは困った様子で苦笑いを浮かべながら呟いた。

「アイツ、俺を見て最初にどうやって俺を斬るか考えてやがったぞ」

「クソ武闘派ですね」

先生に注意されて最初に考えることが倒し方ってどういう神経しているんだ。学院に戦争でも仕掛ける気なのか。

まるで嵐の如く暴れて去っていった後輩に思わずロークはため息を漏らしながら剣精霊を依代《よりしろ》へと戻す。それを横目で見ていたカイルが懐から一本の煙草を取り出して口元へと持っていきながら、ふと気になった様子で口を開いた。

「にしてもお前さんは相変わらず契約精霊呼ばんのな？」

「呼ばなきゃいけないルールも有りませんからね」

「カッカッカッ！　生意気言いやがって。まぁ、それで実際勝てるんだから誰も文句は言えんわなぁ」

ケラケラと楽しそうに笑いながら火を探そうとしたカイルにロークは微精霊と契約をし

て霊術で煙草に火を付けた。

「おっ、気が利くな。サンキュー」

「いや、というか今更ですけど煙草吸ってて良いんですか？」

「講義中はともかく審判くらい吸っていてもできるし、問題ねぇだろ」

カイルは口から煙を吐き出しながらどこか他人事《ひとごと》のように呟く。

こんな不良教師のような態度だが彼の精霊神話論は意外と人気があり、いつも与えられる講義室にはいつも満員近くの学生が集まっている。

まさに人は見かけによらないの代名詞とも言える先生だ。

「さて、それはそうとジル、立てるか？」

「あ、はい。大丈夫です……」

「うし、それじゃ悪いが次の試合もあるからお前らもそろそろ退場してくれ。このままだと減給されちまう」

「分かりました」

最後の方は割と切実な様子で頼み込んでいたカイルの指示に従い、ロークはジルを伴って出口へと向けて歩き出す。

「…………大丈夫？」

「…………はい」

その途中、どう見ても大丈夫じゃない様子のジルが気になって声を掛けてみるが案の定、返事にまるで覇気がない。やはり先程の敗北が余程ショックだったようだ。

「ま、まぁ、あまり気を落とすな。たかが一回負けたくらいでそんな成績は落ちないさ。寧《むし》ろこれからだよ」

「……ですけど、どんな相手が来ても良いように色々とシミュレーションしたのに……こんな無様に……何もできませんでした」

「いやぁ、アレは無理だろ。流石にあのイレギュラーな動きに初見で対応するのは無理だって。俺でもキツイ」

自身のことを棚に上げながらロークは精霊師の基本的な戦術からあまりにも逸脱した燈《あかり》の戦い方を指摘する。そもそもロークたちからすれば彼女が最後まで精霊を呼んでいたのかさえ、定かでない。

恐らくは精霊だとは思うが、それすら擬態が完璧でどちらが本人か判断をすることさえ碌《ろく》にできなかった。正直、相手が悪かったとしか言えない。

「けど……ッ！　すみませんッ!!」

「えっ、ちょっ……あっ」

耐え切れなかったのかジルは顔を俯《うつむ》かせると謝罪の言葉を残して出口へと走り去ってしまった。反射的にロークは声を掛けようとしたがどんな言葉を掛ければ良いか判断ができず、結局中途半端に情けない声を漏らすだけになってしまった。

「なんだ、後輩いびりかい？」

「失礼な、寧ろ俺は慰めようとしてたんだぞ」

その光景を眺めていた試合終わりのガレスが揶揄《からか》ってきた為《ため》、ロークが言い返せば彼は「だろうね」と苦笑いを浮かべた。

「まぁ、最初の試合だからね。真面目に挑む学生ほどショックは大きいものさ」

「そういうもんか……俺はもう敗北前提だったからなぁ」

ロークに関しては精霊と契約できないまま学位戦の当日を迎えることになったので、これは勝てないと開き直って挑むことができたのでショックは少しも無かった。寧ろ当然だと思いながら負けた。何なら棄権しなかっただけ偉いとローク自身は思っている。

「ロークは事情が事情だからね。君みたいに記念すべき最初の試合で負けることを当然と思いながら戦う人間は珍しいよ」

「言われてみればそれもそうか……」

そう考えるとさっきのジルへ掛けた言葉は配慮に欠けていたかも知れない。今度彼に会ったら謝っておこうとロークは密《ひそ》かに決めた。

「ところでガレス、月影《つきかげ》についてどう思った？」

「初めて君の戦い方を見た時と同じかそれ以上の衝撃を受けたよ」

　ガレスはロークの質問にそう答えると燈が出て行った出口へと視線を向ける。

「剣筋も良かったし、気は合いそうだなと思ったよ。ただそれはそれとして不気味だね。正直、あまり戦いたいとは思わない」

「まぁ、そうだよな」

　ガレスの意見にロークは全面的に同意した。自分のように何かしらの事情があるなら分かるが、仮に何も問題が無い上であのような戦法を取っているのだとしたら流石《さすが》に異様と言わざるを得ない。

「今年の一年は豊作そうだし、これは大精霊演武祭も荒れるね」

「ガレスは参加するのか？」

「勿論《もちろん》。ロークはしないのか？」

「俺は……迷い中だ」

　正直、今の状態のままでは一定の成績こそ残せても自分の素性を全国に晒《さら》すリスクの方があまりにも高いため、積極的に参加したいとロークは思っていなかった。

「勿体《もったい》ない……とは言っても君の今の戦績だと学院に強制出場させられるのがオチだとは思うけど」

「ですよね」

　大精霊演武祭。開催時期に若干のズレはあるが基本的に二年間に一度の頻度で開催される、国を跨《また》ぎ複数の精霊師育成機関の間で行われる大会である。

出場できること自体が誉れとされている大会で大精霊演武祭に出場することを目標にして修業に励む学生も多い。

それこそ、入学する前はローク自身も憧れていた筈《はず》なのに今となっては寧ろ辞退させて下さいと懇願したくなるレベルなのだから時の流れとは残酷なものだ。

「最近は学院から優勝者を出せていなくて焦っているらしいからね。成績上位者は問答無用で出場させられる羽目になると思うよ」

「そう言えば前回も最後の最後で負けたんだっけ？」

「いや、あれは試合後に不正疑惑が出て審議の結果、失格になったらしいよ」

「マジか」

前回の大精霊演武祭には当時の学院最強と謳《うた》われていた二年生が出場して最強の名に恥じない活躍をしたらしいが決勝戦でまさかの失格扱いになってしまったらしい。

当時の二年生が何者かは知らないが、わざわざ決勝まで勝ち進む実力がありながら最後に不正で失格とは勿体無い。

「まぁ、とりあえずは目の前の学位戦を乗り越えることに集中するさ」

「そう言えばオーフェリア、君を倒すために鍛えているらしいよ」

「うわぁ、やめてくれよ。ただでさえ強いのに……」

ロークは彼女と直接戦ったことこそ無いが、それでも彼女の実力は学位戦を通してよく知っている。精霊師としては典型的ながらも堅実な戦い方をする相手で強敵であることは間違いなかった。

「なぁ、なんか手っ取り早く強くなる方法無い？」

「そんなの僕が知りたいよ。というか君はさっさと精霊と契約しろよ」

「誰もしてくれないんだ」

「真顔で悲しいことを言わないでくれ」

真顔ながらも切実な様子で語るロークにガレスは溜息《ためいき》を漏らす。本当に何故《なぜ》この友人は精霊と契約できないのだろうか。

「精霊とさえ契約していれば、ありきたりだけど精霊を理解する為に交流しとけとか言えるけれど…………」

「俺には縁の無さそうな話だな……」

ガレスの話を聞きながらどこか達観した表情でロークはここ一年間の記憶を振り返る。

契約の儀を始めとして精霊と契約する為の儀式や方法を色々と探しては試してみたが結局、何一つ成果を得ることができなかった。

自身のことを好いてくれる精霊がいても契約の上で一番重要な要素である真名を知ることができず、いつも契約の最後まで辿《たど》り着くことができない。

結果、気付けば精霊と契約することから学位戦で相手に勝つ為、如何《いか》に精霊を上手《うま》く使うかの方に視点が向くようになった。

「はぁ、無いものねだりをしても仕方ないか」

ロークはそう割り切るとその場を後にして後輩たちが待っているであろう席へと向かって足を動かし——ふと脳裏にオーウェンの言葉が過《よぎ》った。

精霊師としての在り方。その正解について皆目見当もつかないが、今の自身の精霊師としての在り方は少なくとも入学当初に自分が望んだ在り方ではない。

そんなことをボンヤリと思った。

第五章　悩んでいる時は糖分

学位戦初日を終えた翌日。

振り返るとただただ無駄に目立ち、怪しげな後輩に目を付けられただけで終わった一件だったな。余計なことをしたかも知れない。

「はぁ」

学院の中庭に設置されているベンチに腰掛けながら思わず溜息を漏らす。

同時に先日の燈との一悶着《ひともんちゃく》を終えて席に戻った後の後輩たちの反応と周囲の視線が脳裏を過った。

『い、いつの間に移動したんですか!?　何をしたんですか!?　霊術ですか!?』

『す、凄《すご》いですッ！　ほ、本当に上手く言葉にできないですけどヒーローみたいでしたよ!!』

燈に振り回されて疲れ切った俺を後輩たちは興奮冷めやらぬといった様子で俺を迎えてくれた。周囲に座っていた学生たちも「すげぇッ！」みたいな視線を俺に向けながら惜しみない拍手を送ってくれた。

どちらかと言えば俺のことよりも燈のヤバさを認識して欲しかったのだが、あの様子では期待できそうに無い。

とりあえずあの場は後輩二人に燈にあのような行為は今後控えるように伝えて欲しいという旨だけ述べてそそくさと退散したが、しっかり伝えてくれただろうか。

「いや、今そんなことで悩んでいる場合じゃないんだけど」

目下の課題はバトルジャンキーな後輩よりも明後日《あさって》に迫っているオーフェリアとの学位戦の対策である。

オーフェリア・リングラード。契約精霊は土属性の《ドレッドノート》と呼ばれる大型の戦艦のような形をした精霊で遠・中距離戦に於《お》いて凄《すさ》まじい威力を発揮する。加えて近距離戦でもオーフェリア自身も霊術に精通していて強力であり、遠・中・近距離戦全てに於いて隙が無い優秀な精霊師だ。

対して俺はと言うと剣術による近接戦がメインとなる為、ハッキリ言って相性が悪い。

いや、厳密に言えば霊術で中距離まではカバーが利くだろうが、それでもドレッドノートの火力を前に打ち合えるかと言われると難しい。

恐らくは接近する前に集中砲火を浴びて木《こ》っ端微塵《ぱみじん》になるのがオチだろう。

「参ったな、本当に……」

このままではなす術《すべ》なく無様を晒しながら敗北してしまう。学年次席としてそれだけは避けたい。

けれどもこれと言った対策案は思い浮かばず、周囲の学生たちが中庭にて購買で買ったらしいパンを食べたり楽しく歓談したりしている中で俺は一人ベンチに座って陰鬱な雰囲気を醸し出していた。

「疲れているようですが、体調が宜《よろ》しくないのですか？」

「………誰？」

とボーッとしかけた思考が頭上から聞こえてくる声によって醒《さ》める。

ふと顔を上げればそこには我が国の姫であるミーシャが陽光に照らされて輝くブロンドの長髪を揺らしながらベンチに座る俺を見下ろしていた。

「ああ、ミーシャか。少し考え事をしてただけだ。そっちこそ相変わらず生徒会の仕事が忙しそうだけど大丈夫か？」

「問題ありませんよ。今のところはですが……」

問題無いと語るミーシャではあるが、その表情からは隠し切れない疲労の色が見えている。まぁ、新入生歓迎会に学位戦も始まり色々と苦労しているのだろう。

この学院は学生の自主性を重んじるとか体の良い言葉を使ってイベント運営などを学生側に押しつけているので生徒会や風紀委員会など一部の学生の負担が大きい。

お陰で生徒会に所属している学生たちは学業と並行して日々起きるトラブルやイベントの処理対応で四苦八苦しており、いつ休んでいるのかと尋ねたくなるレベルで多忙を極め

ている。

一応、救済処置で生徒会や風紀委員会などの委員会に所属している学生には一定の単位の補償と講義の成績評価において多少の融通を利かせてくれるらしいが、逆に言えばそれくらいしなければまともに単位の取得もできないほどに大変なのだろう。

「本当、いつもお疲れ様だな」

「そう労《ねぎら》ってくれるのならば是非、貴方《あなた》も生徒会に所属しませんか？　貴方ならばこちらとしても大歓迎ですよ」

「勘弁してくれ。生徒会の業務なんかできないよ」

そもそもこちとら既に別の委員会に無理矢理所属させられているのだ。並行して生徒会の業務などできる訳が無い。

「それは残念です。私たちはいつでもお待ちしていますよ？」

「期待しないで待っていて下さい」

言うほど本気という訳でも無かったのだろう。揶揄《からか》うように笑いながら言うミーシャに俺は顔を顰《しか》めながら答えるとベンチから腰を上げる。気付けば中庭にいた学生たちの視線が俺たちに集まっていた。

学年首席と次席が会話しているのだから気になるのも分からなくは無いが、流石にこのまま視線を浴びながらベンチで座り続ける気にはなれない。

「生徒会長、そろそろ」

「はい、分かっています。それでは失礼します」

「ああ、また」

背後に控えていた生徒会役員の一人、青い長髪を揺らし眼鏡を掛けた理知的な印象を与える少女が時計を確認してミーシャへと告げると、頷《うなず》いた彼女は俺に別れを告げて踵《きびす》を返して校舎へと向かおうと歩き出し――。

「あ、そう言えば明後日の学位戦は私も闘技場で観戦させて頂く予定なので楽しみにしていますよ」

「…………」

言い忘れていたといった様子でミーシャは振り返ると俺にそう述べて今度こそ校舎内へとその姿を消した。

「…………ああ〜、マジでどうしよう」

寝たらなんかもう明日には全部解決してないかな。

＊＊＊＊＊

中庭でボケッと考えていたところで良い考えが浮かぶ訳も無く、ロークは先人たちの知恵から何かアイデアを得られないかと中庭から図書館へと移動していた。

学院の敷地内に設置されている図書館には精霊関連の本を中心として多くの蔵書が収納されており、精霊学に関する蔵書だけで言えば国立図書館よりも充実していると言われている程だ。

これだけの本があれば何かしら参考にできる内容もあるだろうと広々とした図書館を歩いていると何やら見覚えのある少女の姿を目撃した。

「……ん？」

「……ッ！……ッ！」

どうやら本棚の上の方にある本を取りたいらしい。必死に背伸びをしながら少女は手を伸ばすが、比較的小柄な体格である彼女の身長では届かないようだ。

「はい、この本？」

「……ッ！　ローク!?」

見かねたロークが横から少女、リリーが取ろうとしていたであろう本を取るとそのままこちらを見てやたらと驚いている彼女へと手渡す。

「やたらと必死だったけど何の本だこれ？」

「な、何でも無いッ！」

俺に気付かないほど必死に本を取ろうとしていたので気になってタイトルを読もうとし

たが、リリーに素早く手にしていた鞄《かばん》の中へと仕舞われてしまう。

一瞬だった為《ため》、ちゃんと確認することができなかったが、なんかスタイルを良くする秘《ひ》訣《けつ》みたいなタイトルが書いてあった気がする。

いや、リリーに限ってそれは無いか……。

興味本位で何の本か教えてと尋ねてみたが頑《かたく》なに拒否されてしまう。余程知られたくないのだろうか？　分野を見てみると人体についての書籍ブースなので人の身体《からだ》に関わる何かの内容なのだろうが、普段の彼女の読んでいる本からすると珍しいジャンルだ。

「あっ」

もしかして自分やガレス、それに先日の燈《あかり》などの戦い方を見て肉体を鍛えようと考えたのだろうか？　個人的にはあまりお勧めしないが……。

「リリー、お前に肉弾戦は正直あまり向いて――」

「わ、私のことはいいッ！　そ、それよりロークは何の本を探しに来たの？」

珍しく動揺しているリリーに少し興味を抱きながらもあまり触れて欲しくないようなのでロークは自身の目的を説明することにした。

「俺は明後日の学位戦に備えて何か作戦を考えようと思って参考になる本がないか探しに来たんだよ」

と言っても相手が相手なので小手先の技術でどうにかなるのかと言われると難しいとこ

ろだが、それでも何もしないよりはマシだろう。

「また精霊呼ばないつもり？」

「いや、うん……まぁ」

「………」

実際は契約していないだけなのだが、リリーにも事実を話せていないので曖昧に答えることしかできない。

「相手はオーフェリアでしょ。今のロークとの相性良くないと思うよ」

「ああ、最悪だな」

「でも、呼ばないの？」

「ああ」

だっていないからね。

思わず口から漏れそうになる本音を抑え込みながらロークは頷くとリリーから呆《あき》れたような視線が返ってくる。

「それならしっかり対策した方がいい。じゃないと接近する前に蜂の巣にされる」

「……ちなみにリリーが俺の立場だったらどう戦う？」

さり気なくリリーに意見を仰ぐ。先日の遺跡探索ではその溢《あふ》れ出る好奇心のせいで問題行動起こしまくりだった彼女だが、その学力はこの学院においてトップクラス。何か良い意見を貰《もら》えるかも知れない。

するとリリーは暫《しば》し口を閉ざすと「前提として私は契約精霊を呼ばないなんてことはしないけど」と前置きをした上で意見を口にする。

「私ならどうにかしてオーフェリアと精霊……ドレッドノートを切り離す。その上で一人になったオーフェリアを倒すしかない」

「精霊師と契約精霊を切り離す……か」

俺の言葉にリリーはコクリと頷くと話を続ける。

「精霊師の強みは契約した精霊との連携にある。逆に言えば精霊と切り離してしまえば精霊師は本来の力の半分も出せない」

「なるほど」

「ロークやガレスみたいに例外な精霊師もいるけれど、大抵の精霊師は契約精霊と切り離されれば途端に弱体化する」

その言葉を聞いてガレスの試合が脳裏を過《よぎ》る。確かにあの試合もガレスが精霊師と精霊を霊術で分断することで一方的な試合展開で勝利を収めていた。あの状況に持っていければ自分でもオーフェリアに勝てる可能性が高い。

けれどそんなこちらの甘い見通しを理解していると言わんばかりにリリーはこの案の問題点を指摘する。

「ただこの案はオーフェリアのドレッドノートのような大型精霊相手だと難しい。そもそもドレッドノートだと多少引き離したり壁で遮る程度じゃ意味が無い」

「確かに。寧《むし》ろあの闘技場じゃ隅から隅まで射程範囲だろうな」

あまりにも根本的な問題。

仮にガレスのように氷壁でオーフェリアとドレッドノートを切り離したとしても数秒後には壁が跡形も無く消し飛ぶだろう。

「つまり如何《いか》にドレッドノートをオーフェリアと分断させて、抑えるかってことか」

俺の言葉にリリーは頷く。まだ明確な勝利ビジョンが見えて来た訳では無いがそれでも取るべき戦法はだいぶハッキリしてきた。

「ありがとうリリー、参考になった」

「お礼を期待してる」

「なら学食でも行くか？　奢《おご》るぞ」

リリーの助言には助けられたので善意で俺がそう提案するが、彼女は「大丈夫」と首を横に振った。

「私はまだここに用事があるから」

「さっきの本読むのか？」

「何のことを言っているのかよく分からない」

「いや、さっき本を……」

「何のことを言っているのかよく分からない」

まるで壊れた玩具《おもちゃ》の如《ごと》く真顔で同じ言葉を返された。なんか表情自体はいつもと変わらないボーッとしたものなのに眼力だけ凄《すさ》まじいことになっている。

俺はそんなに触れてはいけないことを尋ねているのだろうか。

「す、すまん何でもない。それじゃ俺は行くよ」

「ん、またね」

とりあえずもう図書館に用は無くなったのでリリーに別れを告げて出口へと向かって歩き出す。途中、好奇心で振り返ると鞄にしまった本を取り出そうとしていたリリーがこちらに気付いて殺気交じりの視線をぶつけてきたので慌てて退散した。

「……ふぅ」

リリーが何の本を読もうとしていたのかは気になるが、何はともあれオーフェリアの攻略法は見えて来た。後は精霊を抑える方法を考えるだけだが……。

「うーん、今の手数でどうにかできるか？」

ドレッドノートを抑えることができる精霊。そんな精霊が今の俺の手持ちにいるのかと言われれば答えは間違いなくノーだ。依代《よりしろ》に封印されている精霊の大半は微精霊だし、他の精霊もドレッドノート相手だと一瞬で消し飛ばされるであろう奴《やつ》らしかいない。

一応、例外もいなくはないが出したら出したで色々な問題が発生しそうな奴なので現状ではいないも同然の扱いだ。仮に出すにしても本当に後が無くなった時に死なば諸共《もろとも》ぐらいの気持ちで呼び出すのが良いだろう。

「ふぅ、気休め程度だけど後で大市場を見てみるか」

願わくば掘り出し物がありますように。そう願いながら俺は進路を大市場へと決めて歩き出した。

＊＊＊＊＊

「さて、何かあるかな……」

学院都市ガラデアの東側に広がる大市場、様々な種類の露店が連なっているメインストリートを歩きながら俺は呟《つぶや》く。

今回の大市場での目的は目前に迫っているオーフェリアとの学位戦に備えて役に立ちそうな精霊を探すことだ。

前回の古代遺跡探索でストックしていた精霊を何体か失ってしまった上にそもそも現状の手持ちの精霊では仮に総動員したとしても戦うのは難しいだろう。

故に俺は大市場を見て回りながら馴染《なじ》みの封霊石店へと足を運ぶとまるで宝石のように

並べられている色鮮やかな封霊石へと視線を向ける。

「とりあえず、微精霊は補給して……後は何かいないかな？」

俺は並べられている封霊石を一つ一つ手に取りながら中に封じられている精霊を吟味していく。

精霊師を育成すると同時に精霊に対する研究にも非常に力を入れている学院都市には常に各地から捕獲された精霊が運ばれてくる。

その中でも学術的な価値の低いもの、または非正規ルートで流されてきた精霊等はこの大市場の店に売却されることが多々あり、大市場に存在する封霊石店に足を運ぶと時々、どうしてこんな精霊がと思うような希少な精霊が販売されていることがある。

尤《もっと》もそういう精霊は大抵、とても値が張るのだがそれでも勝つ為にはあまりケチケチしている訳にもいかない。値段の高さに悩んでいる内に他の奴に買われて、後の学位戦であの時あの精霊を手に入れていればと後悔したことが何度あったことか……。

とにかく大切なのは即断即決だ。特に金で迷うのが一番良くない、良いと思った精霊がいれば手持ちがある限り買うに限る。

「……うーん」

と意気込んで封霊石を確認していくが残念ながら目ぼしい精霊は見当たらない。まぁ、そう都合良く精霊を見つけられれば苦労はしないよな……。

「すみません、この封霊石下さい」

「はいよ」

とりあえず気を取り直した俺は前回どっかに消えた火と風属性の補充として微精霊が封じられている封霊石を購入する。

手持ちの微精霊が全て消えることは俺の生命線である霊術が扱えなくなることを意味する。常に基本属性の微精霊は手元にストックしておく必要がある。

「はい、これ商品ね。落とさないように気を付けて」

「ありがとうございます」

購入した封霊石を店主から受け取った俺は店から離れると他の封霊石店も確認するべく移動を再開する。この店には無くても他の店には目当ての精霊が入った封霊石が置いてあるなんてことは良くあることだ。

記憶にある分の店は今日中に全て回って確認しようと足早に歩く俺はそこで前からキョロキョロと周囲を見回しながら歩いて来たローブを纏《まと》った少女と衝突してしまう。

「きゃッ!?」

「っと、すまん。大丈夫か？」

「は、はい。こちらこそ、すみません」

こっちが急いでいたことと少女がきちんと前を見ていなかったことが重なり、互いに回避が遅れてしまった。倒れそうになる少女を慌てて抱き抱えるとハラリと顔に掛かっていたローブのフードが取れてその顔が明らかになる。

「え、レイア？」

「せ、先輩!?」

美しい銀色の三つ編み、ルビーのような瞳、なにより見るものを魅了するその整った容貌は紛れもなくレイア・ヴァルハートその人だった。

「こんなところで何やってんだ？」

「あ、いえ、これは………」

俺が尋ねると普段の堂々とした態度からは想像できない程、レイアはもじもじとどこか恥ずかしげな態度を取る。マジでどうした？

「その………」

「そんな無理に答えなくてもいいけど………」

何かやたらと言い辛《づら》そうなレイアの表情を見て無理に聞くのも悪いかと俺は話を終わらせて別れを告げようとする。同級生ならまだしも学院の先輩と外で偶然会ったら気まずいだろう。そもそも俺にも彼女にも目的があるだろうし。

「そ、それじゃ俺はもう行くよ。邪魔して悪かったな」

「ま、待って下さいッ！」

「ぐおぇッ!?」

その場からそそくさと去ろうとすると袖を思いっきり引っ張られそのあまりの強さに肩からゴキリと嫌な音が鳴り響く。

コイツ、霊力で腕力を強化しやがったな………。

というか、気まずげにしてると思ったら今度は一転してわざわざ俺を呼び止めて……マジで一体、何の用なんだ?

「ど、どうした?」

「………」

「レイアさん?」

言い辛いのかも知れないけど喋《しゃべ》ってくれないと何も分からない。仮に喋りたくないなら離してくれ、マジで何もできん。

と俺が困っていると思いが通じたのかレイアが躊躇《ためら》いがちに口を開く。

「そ、その………」

「その?」

「………つ、付き合って下さいッ!!」

「ふぁッ!?」

ふぁッ!?

＊＊＊＊＊

「なるほど、それでその期間限定で販売されているクレープが食べたいけどクレープ店の位置が良く分からないと？」

「は、はい。恥ずかしながら……」

　レイアの事情を聞き終えた俺が内容を纏めながら確認を取ると彼女はその通りだと恥ずかしげに頷《うなず》いた。

　レイアの予想もしていなかった発言に動揺して思わず変な声を漏らしてしまった俺は、けれども素早く落ち着きを取り戻すと彼女の言葉の意味を考え直した。

　一見するとまるで告白のような発言だが、よくよく考えると俺は彼女と出会ってから日が浅い上に第一印象は最悪ときた。確かにここ最近では古代遺跡の一件で評価を改めてくれたようだが、それとてマイナスだった評価がゼロに戻ったくらいでプラス領域に入っているとは考え難《にく》い。

　以上のことから彼女の付き合ってという発言は言葉足らずであり、その意味を恋愛的な意味ではなく買い物に付き合って欲しいという意味だと解釈することに俺は成功した。

　我ながら見事な推理だ。お陰で恥をかかずに済んだぜ。

自身の賢さを一通り自画自賛し終えた俺は改めて件《くだん》のクレープ屋についての話題に移ることとした。

「それで、そのクレープ屋はなんて名前なんだ？」

「えっとハッピークレープという名前です」

「どっかで聞いた記憶があるな……」

確かセリアから前に友達と食べに行ったというような話を聞いた気がするが、どこら辺だったっけな？

「ってか、折角なら友達といけば良いのに」

「それは、そうなのですが……その、タイミングが合わず……」

どうやらメイリーとは時間が合わなかったらしい。燈《あかり》は……まぁ、あんなのを見た後では流石《さすが》に誘い辛いか……。

「そっか、なら仕方ないな」

恐らくこっちに来たばかりであまり土地勘も無いだろう。ここは困っている後輩を助けて好感度を稼いでおくとしよう。

「とりあえず俺もそのクレープ屋の場所は知らないけど、食事系の店はこっちの区画じゃなくて向こう側の筈《はず》だ。案内するよ」

「良いんですか？」

「駄目な訳ないだろう」

断られると思っていたのか驚いた表情を浮かべるレイアに俺は苦笑を浮かべながら言う。この学院において敵を作るメリットは一切無い。先輩であれ後輩であれ基本的には仲良くしておいた方が良い。

「ありがとうございます」

「良いよ、それじゃ行こうか」

俺は向きを変えるとクレープ屋を目指して歩き出した。

「そう言えば先輩は今日は何をしていたんですか？」

「ああ、ちょっと買い物をね」

「それは……邪魔をしてしまい申し訳ございません」

「良いよ、別に目当てのものは見つから無かっただろうし」

頭を下げるレイアに俺は笑いながら答える。そもそもドレッドノートに対抗できるような精霊が封霊石に収められてるとは思えないし、仮にいたとしても既に誰かの手に渡っているか、俺では手が出せない値段で買えないかのどっちかだろう。

というか最初の頃と比較してレイアの気遣いや礼儀正しさの変化が本当に凄《すご》い。

恐らくはこれが彼女の普通の態度なのだろうが、そう考えると俺はマジで最初の頃はメッチャ嫌われてたんだな……。

「どうかしましたか？」

「いや、ただ良かったなって」

「？」

俺の言葉の意味が分からず不思議そうにレイアは首を傾《かし》げる。俺はそんな彼女に対して誤魔化すように目的地付近を指差す。

「それよりもお目当ての店は、多分ここら辺にあるんじゃないかな？」

「わぁ、本当に凄いですね」

視界の先、祭りでもやっているのかと思わず勘違いしてしまう程に賑《にぎ》わっている通りを見ながらレイアは僅かに興奮した様子で感想を口にする。

「言うて、王都も割とこれくらい賑わっているんじゃないか？」

「そうなのでしょうか？　ちょっと分かりませんね」

「分からないの？　ヴァルハート家の本邸って王都でしょ？」

「そうですが、私は基本的に街には出ずに修業に明け暮れていたので、あまり街の様子は知りませんね」

「…………」

何か思ったよりも反応に困る重めな内容の返事がきたことに俺は思わず口を閉ざす。

あれ、これもしかして地雷を踏んだか？

「……………」

チラリと横目でレイアの表情を窺《うかが》うが特に気にしている様子は無い。どうやら俺の考え過ぎだったようだ……。

「そ、そっか。本当に熱心だな……」

「はい、ですから新入生歓迎戦で負けた時は本当に悔しかったですね」

「……………」

やっぱり地雷だったたか。

「あ、違いますよ！　別にもう怒っていません！　思うところが無いと言うと嘘《うそ》にはなりますが……」

「あ、うん」

慌てた様子でレイアがそうフォローを入れてくれるが非常に反応に困る。

「でも本当に悔しかったですね。まさか契約精霊すら呼ばれずに負けるとは思いませんでしたから、今までの自分の努力を否定されたような気がしましたよ」

「あの、本当にすみません」

そこまで追い詰める意図はありませんでした。本当に精霊と契約できてなくて申し訳ございません。

「いえ、謝るようなことじゃありません。確かにあの時は凄《すさ》まじい憤りを覚えましたが、結局のところ私の実力不足。私の努力が足りないだけの話です。それで先輩を責めるのはお門違いというものでしょう」

「いや、それは………」

咄嗟《とっさ》に否定の言葉を口にしようとして、けれどもその先の言葉が出てこずに口を噤《つぐ》む。

きっと今の俺が何を言ったとしても彼女にとっては嘲りや煽《あお》りにしかならないだろう。

「良いんです、恐らくローク先輩なりの事情があって契約精霊を呼ばないんですよね？　相手を馬鹿にして呼ばない訳では無いということは何となく分かりました」

「………」

呼ばないっていうか、呼べないっていうか……そもそも呼ぶ相手がいないというか、そこまで深い事情がある訳では無いのだが、どうやらレイアも他の学生たちと同様に契約精霊を呼ばないことをプラスの方向に解釈してくれたらしい。

それが素直に喜べることかと言われると話は別だが……。

「ですが、次に戦う時はローク先輩が契約精霊を呼ばざるを得ない状況まで追い込むつもりですので覚悟していて下さいね」

「ハハハ……」

そこまで追い詰められたら先輩きっと降参しちゃうよ……。

「……ってあれ、もしかしてあの店じゃないか？」

好戦的なレイアの笑みに怯《おび》えていると僅かに甘い香りが漂ってきた為《ため》、視線を向けてみるとやたらとカラフルな色彩の店を発見する。看板にもハッピークレープとしっかり書かれているし、この店で間違いなさそうだ。

「あっ、ホントですね！　ありがとうございますッ！」

「見つかって良かった」

喜びの表情を浮かべるレイアの姿に俺は思わず安堵《あんど》の息を漏らす。言うて俺もクレープ屋の場所を知っていた訳では無いので無事に見つけられて本当に良かった。

「それじゃ、俺はこれで――――」

「待って下さいローク先輩、折角ですし良ければ一緒に如何《いかが》でしょうか？」

「えっ？」

まさか止められるとは思ってなかった俺が振り返るとニッコリと笑みを浮かべながらレイアがクレープ屋を指差す。

「クレープ嫌いですか？」

「いや、そんなことは無いけど………」

「でしたら一緒に食べましょう。お礼に奢《おご》らせて頂きます」

「いや、それは申し訳――――」

「いえ、ヴァルハート家の人間は受けた恩はしっかりと返すのがモットーなので。是非是非、一緒に行きましょう」

そう言ってレイアに背中を押されながら俺はその勢いに負け、半強制的にクレープ屋へと入店することになった。

「いらっしゃいませー」

「先輩、お好きなのを頼んで頂いて大丈夫ですよ」

「なら有難く……」

店員の声を聞きながら俺はメニュー表に視線を向ける。

後輩に奢られるのは正直、先輩として情けないところがあるが、けれども同時にお金がないのも事実だ。折角、後輩が善意で奢ってくれるというのだからここまで来たなら素直に甘えてクレープを奢られることにしよう。

「……レイアはどれにするんだ？」

「私はさっき話したこの期間限定のスペシャルミックスクレープですね」

「なら俺もそれにしようかな……」

少し悩んだがメニューを見てもよく分からないし、あまり時間を掛けるのも申し訳ないのでレイアと同じクレープを注文することにした。

レイアは「分かりました」と言うと店員にスペシャルミックスクレープを二つ注文してその分の代金を支払った。

「ありがとうな」

「いえ、そもそもローク先輩がお店に案内してくれたお陰でこうしてクレープを食べられるんですから寧《むし》ろ私の方こそ感謝しています」

注文を受けて店員がクレープを調理している間、店のベンチに腰掛けて待っていると隣でワクワクした表情を浮かべるレイアを見て思わず微笑《ほほえ》ましい気持ちになる。

「嬉《うれ》しそうだな」

「はい、昔読んだ本に放課後に主人公が友達とこんな風にお菓子を食べたりする話があって憧れていたんです」

俺が尋ねるとレイアは嬉しそうに理由を語る。どうやら今までストイックに頑張ってきた反動で所謂《いわゆる》、青春的なことに強い憧れを抱いているようだ。

「なるほどな」

「ですから付き合って下さって本当にありがとうございます」

「いや、願いが叶《かな》って良かったよ」

炎竜の巫女《みこ》なんて大層な二つ名を授けられているが、こうして見ているとやっぱりレイアも普通の女の子だなと改めて思う。

「お待たせしました、スペシャルミックスクレープになります！」

「ありがとうございます！」

「おおお……………」

届けられたクレープを見て度肝を抜かれる。

これでもかと盛られている生クリームにバナナやイチゴ、キウイ等のフルーツ、それにチョコにバニラのアイスにクッキーとこれでもかと色々な物が積み重なってちょっとした山のようになっている。糖分の暴力だろ、これ。

「ローク先輩、これとっても美味《おい》しいですッ！」

「そ、そう？」

気付けば隣のレイアはクレープをパクリと、幸せそうな表情で頬張りながら感想を口にする。そんなに美味しいのだろうか？　若干怖くはあるが、そもそも奢って貰《もら》っているものだ。食べないという選択肢は無い。俺は意を決してクレープにかぶり付く。

「ッ!?」

う、美味《うま》いッ！

見た目と反して思ったよりも甘さが無く食べやすい。クリームが予想よりも甘くないのとフルーツの酸味が上手《うま》く利いているのかサッパリとした味わいをしている。

「確かに美味いな！」

「ですよね、みんなが噂《うわさ》するのも納得です」

レイアはそう言いながら凄まじい勢いでクレープを食べていく。彼女のクレープを確認するとやまのように盛られていたアイスやフルーツが半分以上消滅して平地になっている。

え、食べるの速過ぎない？

俺が唖然《あぜん》としている間にもレイアはパクパクとクレープを食していき、あっという間に無くなってしまった。

「スペシャルミックスクレープもう一個、お願いします」

「マジかよ」

君、意外と大食いキャラだったんだね。

＊＊＊＊＊

「美味しかったですね」

「そうだな……」

ルンルンとした様子で前を歩くレイアに俺は若干引きながら頷《うなず》く。

あの後、二個目を注文して更にもう一個クレープを追加注文して俺と同タイミングで食べ終えていた。甘い物は別腹だという話は聞くが、にしてもよく三つも食えたな……。

「そう言えばローク先輩は買い物って言っていましたけど、何を買いに来たんですか？」

「ん？　ああ、これだよ」

別に隠す程の事でもないかと俺は先程買った封霊石を取り出して見せる。

「封霊石ですか……」

「ああ、前の遺跡探索で何体か精霊を失ったからな。その補充だよ」

「それが学位戦に向けての……ですか？」

「……そうだな」

どうやらレイアも俺の学位戦が近いことは把握していたらしい。俺が頷くとレイアは何か言いたげな視線を向けて口を開きかけたが、結局何も言わずに閉ざした。

「…………」

恐らく俺が学位戦で契約精霊を呼ばないことを察して何か言いたかったのかも知れない。

「……先輩の学位戦、見に行きますね」

「来なくていいって、見に来てもそんな面白いもんは見れないぞ？」

大した作戦も思い付いてないし、仮に見に来られても参考にできないような泥臭い試合しか見せることができない。本当に来ないで欲しい。

「そんなことはありません。勉強させて頂きます」

何を？

「いや、勉強するって何を…………」

「わぁッ！　どうなっちゃうの!?」

思わず突っ込みを入れようとすると子供の喜ぶ声が耳に入って来る。何事かと思って視線を向ければ店主らしき男性の前で子供たちが集まって何かを見ていた。

「あれは……人形劇ですか？」

「みたいだな」

どうやら店主は精霊師のようで土属性の微精霊を上手く使役して生み出した小さな人型のゴーレムと獣のような姿のゴーレムを物語に合わせて動かしていた。

「アーサー伝記の話でしょうか？」

「知ってるの？」

「ええ、ある程度ですが……」

「へぇ、意外だな……」

レイアの言葉に俺は少し驚く。今のシーンはキャスパリーグと呼ばれた邪霊と精霊師になって間もないアーサーが戦闘を繰り広げているシーンだが、他の話と比べると結構マイナーなシーンだ。

確かにアーサー伝記は史実を基にした非常に有名で人気の話ではあるが、どちらかと言えば男性向けの内容が多く、読者も男性が圧倒的に多い。まさかレイアがこのシーンを知っているとは思わなかった。

「幼い頃にお父様が読み聞かせてくれたんですよ」

「ああ、そういうことね」

どうやら父親の影響だったらしい。それならば納得できる。

「にしてもあの店主の方、操作が上手ですね。とても滑らかにゴーレムが動いています」

「そこまで難しいことじゃないよ。レイアでも慣れれば簡単にできる」

霊術の属性が違う為、レイアは苦手意識を持っているのかも知れないが特段難しいことじゃない。俺でも問題なくできるし、何ならあの店主よりはもう少し上手に操作することができる気が――――。

「…………ふむ」

「どうかしましたか？」

「いや……ちょっと買い忘れた物があることに気付いてな。申し訳ないが、ここら辺で失礼させて貰うよ」

「そうですか、分かりました。今日は付き合って頂き、ありがとうございました」

「こちらこそ、クレープをありがとう。美味しかったよ」

俺は最後にレイアにクレープの礼を述べると別れを告げて再び、封霊石店を目指して歩き出した。


そうして学位戦当日がやってくる。

第六章　学位戦

Spirit master who is thought to be hiding his true ability is actually always fighting very seriously

　その日も闘技場は多くの学生たちの歓声に包まれていた。

「炎よッ！」

　女子学生から放たれた鳥の姿を模《かたど》った炎は大きく翼を広げながら目の前の対戦相手である学生を目掛けて襲い掛かる。

「くッ！　守れッ！」

「ウホッ！」

　迫り来る炎の鳥を前にして相手の学生は咄嗟《とっさ》にゴリラのような姿の契約精霊にカバーを命じる。応じた精霊は咄嗟に主人の前へと躍り出ると腕を交差させ炎の鳥をその身で受け止め、更に拳を握りしめると炎を放った女子学生へと殴り掛かる。

　その一連の攻防を闘技場の観客席から眺めていた学生たちは一際大きな歓声を上げ、闘技場内のボルテージが上がる。

「はぁ、やだなぁ……」

　盛り上がる試合とは対照的に闘技場の選手用の控えのベンチに腰を下ろす俺は全身から暗いオーラを出しながら深い溜息《ためいき》を漏らした。

現在、目の前で行われている試合は俺とオーフェリアの一つ前の試合だ。

つまりこの試合が終わり次第、俺の番という訳だ。

もう憂鬱で仕方がない。例えるならば注射の順番を待つ子供のような気持ちだ。

一応、ある程度の用意はしたがどこまでいっても俺の技は小手先でしか無い……果たしてオーフェリア相手に効くのだろうか。

いや、ここまで来たら小手先だろうが何だろうがやるしか無いんだけど……。

どんどん気分が落ち込んでいく中、試合の勝敗を告げる教員の声と学生たちの歓声が闘技場に響き渡った。どうやら考え事をしている内に決着がついたらしい。

ほぼほぼ見てないけど、見事な試合だったと思う。だからもう今日はこれで終わりにしてはどうだろうか？

『次、ローク・アレアス。オーフェリア・リングラード。中に入りなさい！』

けれど俺のそんな思いも虚《むな》しく教員から地獄への案内を告げられ、俺は重い身体《からだ》を引きずりながらフィールドへと向かう。

「体調が悪そうだな？　ローク」

「そう見えるか？」

途中、声を掛けてきた人物へと視線を向けるとそこには金色に輝く長髪を靡《なび》かせる美しい少女の姿があった。女性にしては高い身長、毅然《きぜん》とした佇《たたず》まいはまさに貴族の鑑《かがみ》とも呼べるだろう。

強いて指摘するならば今にも俺を射殺さんばかりのその視線は止《や》めて欲しい。

いや、これから戦うんだからそういう視線を向けられるのは分かるが……にしても殺意が籠り過ぎじゃないだろうか？

「ああ、少なくとも顔色は良くない」

そう呟《つぶや》く少女の名はオーフェリア・リングラード。

つまり、俺の対戦相手である。

「まぁ、別にどちらでも構わないが……負けた時の言い訳にしないで欲しいものだな」

「ああ、心配しないでくれ。寧《むし》ろ絶好調だ」

「ふん、なら良い。今日こそお前の隠している契約精霊、引きずり出してやる」

最後にそう言い捨てるとオーフェリアは俺から遠ざかって初期配置へと着く。俺も彼女に続いて初期配置へと着くと心を落ち着ける為《ため》に大きく深呼吸をする。

「…………ふぅ」

ここまで来たらもうあれこれ考えても仕方ない。気分を切り替えろ。

俺にできることは実力を十全に発揮してオーフェリアを倒す、それだけだ。もし仮にダメだったのならば俺の実力ではどうしようも無かっただけだ。

『それでは二人とも準備は宜《よろ》しいですか？』

審判の声に俺とオーフェリアは頷く。同時に俺は依代《よりしろ》を取り出して意識を集中させる。

「…………」

「…………」

闘技場全体の高揚感に溢《あふ》れる熱気とは裏腹に俺とオーフェリアの間に戦闘前の緊迫感が漂い始める中、試合開始の合図が鳴り響いた。

俺は大きく一歩踏み出した。

＊＊＊＊＊

「始まった」

「そうだね」

隣に腰掛けているリリーの言葉にガレスは頷きながら先手を取って動いたロークへと視線を向ける。

試合開始の合図と同時にロークは依代から剣精霊を呼び出すとその手に摑《つか》み、瞬時にオーフェリアとの距離を詰めると袈裟《けさ》斬りに剣を振るった。

それは先日、燈《あかり》が行った手段と同じ開幕速攻だった。

だが工程で言えば依代から精霊を呼び出して契約するという手間がある為、どう頑張っても燈より動きは遅くなる筈《はず》だが、ロークはその工程を行った上で彼女の倍近くの速さで距離を詰めている。

一部の生徒たちはそのあまりにも素早い動きを見ただけで決着がついたと本気で思い込んだ。それほどに見事な初動だった。

けれども相手も十位台の猛者、そう簡単には終わらせてくれない。

「お前がそう来るであろうことは想定している」

「……まぁ、そう上手《うま》くはいかないか」

僅かに顔を顰《しか》めるロークは今、自らが真っ二つに斬った壁へと視線を向ける。

精霊を呼ばれる前に方を付けようとしたがこちらの思惑を読んでいたオーフェリアによる霊術によって土を隆起させて壁を形成された。

結果、放たれた斬撃は壁の裏にいたオーフェリアには届かず、その隙に彼女は契約精霊を呼び出した。

「来なさい、ドレッドノート」

オーフェリアの声に応じて空が眩《まばゆ》い光に包まれ、次の瞬間には宙に浮かぶ巨大な船の姿を模した精霊が現れた。

「やっぱデカいな……」

思わず舌打ちをしながらロークは眼前で堂々とした佇まいで浮かぶ精霊へと視線を向け

る。ドレッドノートが広げている四つの白い帆には自身が誰の精霊であるかを示すかのように契約者であるオーフェリアの家、リングラード家の紋章である鷲《わし》の姿が描かれた盾の模様が描かれていた。

現れたドレッドノートはその大きな船体から想像できないほど滑らかにその船首を傾けて船体を横に向ける。すると数秒も経《た》たずに船体から幾つもの砲門が現れ、その一つ一つに霊力が込められていく。

攻撃が来る。

すぐさまロークは防御の為に依代から新しい精霊を呼び出そうとするが、それより先んじて大きく後退したオーフェリアがまるで処刑人の如《ごと》く手を振り下ろした。

「やれ」

短いながらも殺意の籠った無慈悲な主人の指示に従うべく、ドレッドノートはロークへと狙いを定めた全ての砲弾を解き放った。

瞬間、砲撃を告げる轟音《ごうおん》が闘技場に響き渡り、数秒後にはロークの姿は爆炎と舞い上がる土砂によって完全に覆われた。

「相変わらず凄《すさ》まじい攻撃だね」

「恐ろしい」

絶え間なく響き渡る砲撃音と着弾音に僅かに顔を顰めるガレスの呟きにリリーは表情こ

そ変えなかったが、感情の籠った声で同意を示した。

艦砲射撃による波状攻撃。単純ながらもそれがドレッドノートの一番強力で恐ろしい攻撃だ。かつて廃棄された戦艦に微精霊が宿り、時を掛けて精霊化したドレッドノートは人が操る戦艦と違い弾丸の装填にラグが無い。加えて砲弾も霊力によって形成された弾である為、霊力が尽きない限りは弾切れも無い。

故に一年の時は装塡の隙を突こうとした学生たちが今のロークのようにあっという間に爆炎に包まれて砲撃が止んだ頃には沈黙しているという光景が多く見られた。

今のところドレッドノートの攻略法としてはかつてオーフェリアと戦って勝利した学生たちから考えるに砲撃に耐えられる精霊によって攻撃を浴びながら反撃、砲撃の届かない船底に潜り込んでの攻撃が挙げられている。

尤《もっと》も後者に関してはオーフェリアも学んで現在はドレッドノートの下に控えて自身が戦うことでカバーしている。つまり最もオーソドックスな戦法は精霊同士による戦闘で勝つということになるが……。

「リリー、ロークはオーフェリアに勝てると思うかい?」

「………分からない」

「おや、ちょっと意外な回答が来たね」

てっきりロークが勝つと答えるものだと思っていたガレスは少し驚いた表情を浮かべな

がらリリーにその真意を尋ねる。

「何故《なぜ》、そう思うんだい？」

「ロークは今回も契約精霊を使わないみたいだから。だとするとオーフェリアとの相性は良くない」

「確かにね」

厳密には契約精霊がいないだけだけど、と内心でガレスは付け足しながら頷《うなず》く。つまりロークは精霊の耐久力に任せた力業を使えないと考えて良いだろう。

必然的にロークが取るであろう手段は砲撃の雨の中でオーフェリアを倒すというものに限られてくるが……果たしてどう戦うつもりなのか。

「………にしてもおっかないなぁ」

どちらにしてもまずはこの攻撃を凌《しの》ぎ切らないことには、何も始まらないのだが。

＊＊＊＊＊

まともに喰《く》らえば危険な一撃が何十発と絶え間なく放たれる。それこそ攻撃によって地形が変化してしまうことすら気にせず、たった一人の人間に対して過剰とも言えるほどの砲撃を浴びせ続ける。

「ねぇ、これ本当に大丈夫？」

「あの先輩、死んだろ。これ」

学位戦において戦闘で相手を殺すことを罪に問われることはない。

けれどもそれは意図しない場合のみだ。故意に相手を殺そうとした場合は審判から警告が入り、場合によってはその場で失格となって敗北扱いになる。

例を挙げるならば燈の最後の行為は警告案件になる。

あの時はロークが止めたことや初犯であることが重なり、試合後に教員からの厳重注意、それから反省文の提出という比較的軽い罰で済んだが、場合によっては失格からの下手をすれば退学まで有り得た。

最初はドレッドノートの凄まじい攻撃に興奮しながら声を上げていた学生たちだったが、数分経ってもまるで止む様子の無い砲撃の嵐にロークを心配する声が一年生を中心にチラホラと上がり始める。

中には試合を止めた方が良いんじゃないかという意見も上がるが、審判含めて誰も試合を止める様子は見せず、ドレッドノートの砲撃は続く。

「えっ？　えっ？　こ、これ本当に大丈夫なの⁉」

そしてここにも一人、先輩の勇姿を見ようと観客席に座る一年生のメイリーもあまりに一方的な光景を前にして動揺していた。

知り合ってまだ日こそ浅いが、それでも顔見知りの親切な先輩がなす術《すべ》なくやられている姿は流石《さすが》に来るものがあった。

「ローク先輩なら大丈夫……だと……思う」

メイリーを安心させる為に口を開いたレイアだったが、言葉尻が小さくなってしまい結果的に不安を煽《あお》ることになってしまった。

ロークの実力は新入生歓迎戦、遺跡探索を通して少なからず知っているつもりではあったが、果たして彼にこの猛攻を防ぎ切る実力があるかと聞かれるとレイアは自信を持って答えることができない。

何なら仲良くなった先輩がこうも一方的にやられている光景を前にして助けに入りたい気持ちすらある。尤も入ったところで迷惑になるだけだろうが。

「盛り上がってきたね」

そんな二人とは対照的に不安を欠片《かけら》も見せず呑気《のんき》に笑っているのは、先日記念すべき初めての学位戦を勝利で飾った燈だ。尤もその後に教員と友人から猛説教を受け、反省文も書いたのだが、あんまり反省しているようには見えない。

「あ、燈ちゃんはローク先輩が心配じゃないの?」

「全然」

メイリーの質問に燈は間を空けずに答える。

その受け答えに絶対的な自信を見せた燈にレイアは僅かに眉を顰《ひそ》める。自身よりもロークと接している時間は短い筈なのにどうしてそこまで自信を持って言えるのか。少しばかり苛立《いらだ》ちのような感情が湧き上がる。

「燈さん、どうしてそう思うの？」

「レイアも一度、戦っているなら分からない？」

「……………何のこと？」

「あの人の強さ、その底知れなさ」

燈のその言葉にレイアは口を噤《つぐ》む。確かにその感覚は初めてロークと相対した時に抱いたことがある。契約精霊を見せずに自身を圧倒したその実力には恐ろしさを覚えた……確かに覚えたが、それでもこの砲撃の雨嵐を凌ぎ切れるのだろうか。

「審判が止める気配も無いし。それにほら、あそこ」

燈が指差す方へと視線を向けるとそこには王女にして学年首席であるミーシャ、そこから少し離れた場所にはガレスが席に座って観戦している。

一体、それが何だというのだろうか。

「あの人たちは私が前に学位戦で相手を斬ろうとした時に先生たちより先に動こうとしていたけど、今はその素振りすら見せない」

「………………」

「つまり、問題無いと思っているんでしょ」

当たり前のように語る燈《あかり》の言葉にレイアは恐怖を覚える。あの時、刀を振り上げた時にこの子はそこまで周りを見ていたのかと、その視野の広さに。

そして同時に納得もする。確かにガレスはロークとも仲が良かった筈だ。もし本当にロークが命の危機に晒《さら》されているのだとすれば真っ先に助けに入る筈だと。

と会話をしている内にドレッドノートによる砲撃がようやく止《や》み、先程まで騒がしかった闘技場は一転して静寂に包まれた。

土煙に包まれる闘技場の中で学生たちはそれぞれの思いを抱きながらロークのいた場所を見つめる。

とある学生はロークが死んでいるのではと不安になりながら。

とある学生はオーフェリアの攻撃は失格扱いになるのではと懸念を抱きながら。

そして、とある学生はロークの無事を確信しながら土煙が晴れた先を見つめる。

そうして土煙が晴れた先、学生たちの視線を浴びながら闘技場に立つロークは制服についた砂埃《すなぼこり》を払ってオーフェリアに対して静かに呟《つぶや》いた。

「殺す気か？」

瞬間、再び喧騒《けんそう》が闘技場を包み込んだ。

＊＊＊＊

死ぬかと思ったッ!!

いや、冗談抜きで。どう考えてもやり過ぎだろ。

明らかに一介の学生が浴びて良い攻撃じゃない。って言うか、どうして審判はオーフェリアを失格にしない？　どう見てもアレ、意図的に俺を殺しに来てるぞ。

抗議の意を込めて視線を一度、審判へと向けるが当の本人はやはりと何か勝手に納得したような表情を浮かべながら頷いている。殺すぞコイツ。

「………殺す気か？」

俺は砲弾が着弾した余波で身体《からだ》に付着した砂埃を払いながらオーフェリアに真面目に尋ねる。周囲に視線を向ければ俺の背後以外の地面は衝撃で思いっきり抉《えぐ》れており、仮に一発でも喰らっていたらと想像するだけで身震いする。

「無論、全力で仕掛けたよ。お前が相手なら殺す気くらいで丁度良いと思っていたんだが……まさか無傷とはな。流石にショックだぞ」

「喰らう訳にはいかなかったからな」

ほらぁ、殺意を認めたぞ、あの女。あんなん一発でも喰らったら普通に肉体が吹き飛ぶわ。加えて言うなら全然無傷でも無いし。

周囲に複数の微精霊を従えながら俺は腕の感覚を確かめる為《ため》に一度素振りを行う。やはりと言うべきか、酷使した腕の感覚が鈍くなっている。

「言ってくれる。その周囲に漂わせている風の微精霊たち、それで風の盾を張ったか」

「まぁ、そういうことだ」

剣で肩をトントンと叩《たた》きながら俺はオーフェリアの言葉を肯定する。

シミュレーションの時点で一度はドレッドノートの艦砲射撃を喰らうことは予想していた。故に対策として微精霊たちに霊力を送って風の霊術で前方に障壁を張った。ただ、それは盾というよりも弾丸の軌道を左右に逸《そ》らすための障壁だ。

あの砲撃の嵐は正面から受ければ数秒と持たずに身体が木《こ》っ端微塵《ぱみじん》になる。生き残る為には左右に逸らすしかなかった。

大体はシミュレーション通りに行ったが、砲撃時間の長さと砲撃速度は俺の想定を完全に上回った。途中から障壁では逸らし切れない砲弾が増え始め、眼前に迫ってきた砲弾に関しては止むなく剣で真っ二つにすることで防いだが……にしても砲撃時間が長すぎる。多分、十分くらい延々と砲弾をぶっ放され続けていた気がする。

お陰で腕が悲鳴を上げている。何ならちょっとプルプルしてる。

外面的にはほぼ無傷でドレッドノートの第一波を凌ぎ切ることに成功したが予定よりもだいぶ霊力を消費させられた上に腕も酷使させられた。

「で、まだやるか？」

ただ下手に弱みを見せて相手の士気が上がるのも嫌なのでとりあえずポーカーフェイスを意識しながら俺は尋ねる。何ならこれでビビって攻撃の勢いが弱くなってくれればこちらとしては嬉《うれ》しいのだが――。

「ふっ、流石だ。業腹だがやはりお前のことは認めざるを得ないな……だが」

俺の問いにオーフェリアは僅かに笑みを浮かべると腕を薙《な》ぐように横に振るう。

するとドレッドノートの複数の砲門に再び霊力が込められ、それぞれの砲門から眩《まばゆ》い光が放たれる。

その様子を見た俺は再び霊術による風の障壁を展開しようとして、やめた。

「私のドレッドノートがこの程度だと思われるのは心外だぞ」

オーフェリアの呟きと同時に砲門の一つから膨大な霊力の砲弾が放たれる。迫ってくる砲弾を目にした俺は身体強化して大きく跳躍してその場から離れた。

直後に響き渡る轟音《ごうおん》と火柱。

着地地点へと視線を向ければそこには元から何も無かったかのようにポッカリと黒い穴が開いていた。

「おいおいおい」

放たれた砲撃の威力に俺は思わず目を剥《む》く。

なんて威力だ、一撃に込められている霊力の量が先程とは桁違いだ。

「驚いている暇はないぞ」

「ッ！」

オーフェリアの声に顔を上げればドレッドノートから伸びる無数のロープが俺を拘束しようと迫ってきていた。

着地と同時に蛇のようにうねりながら襲い掛かってくるロープの群れを俺は剣を振るって捌《さば》いていくが、その隙にドレッドノートから次弾が放たれる。

「ッ!?」

すぐさまその場から離れようとするが右足が動かない。何事かと思いながら足元に視線を向けると片足が地面に埋まっている。どうやら俺がロープに夢中になっている間にオーフェリアがやったのだろうが全く気付かなかった。

これはマズい。

すぐさま脚力を霊力で強化することで強引に足を引き抜いて脱出には成功する。けれど妨害によって僅かに回避が遅れてしまい、俺の身体は着弾の際の爆風に煽られて吹き飛ばされる。

更に空中で無防備になった俺にドレッドノートは数発の砲弾を放つことで追い討ちをかけてくる。威力こそ先程の一撃よりも弱くなっているが、やはりこれもまともに喰《く》らっては良い攻撃では無い。

風を纏《まと》って体勢を立て直すとそのまま剣に霊力を纏わせ、迫ってくる砲弾に向けて斬撃を放つ。三日月型に飛翔《ひしょう》する斬撃と砲弾は接触すると宙で盛大に火花を咲かせた。

追撃を防いで安堵《あんど》したのも束《つか》の間《ま》、視界の奥でオーフェリアが地面に手を当て何かの霊術を発動しようとする姿が確認できた。込められている霊力量からして何か大技を仕掛けてくる可能性が高い。

「水流弾」

その動きを確認した俺は依代《よりしろ》を取り出して水の微精霊と契約。自身の掌に水の渦を生み出すと攻撃準備をするオーフェリアへと向けて放つ。風の霊術を混ぜ合わせて威力が増した水は渦を描きながら迫るが、オーフェリアも冷静に発動しようとした術を中断、防御型の霊術で土壁を展開することで攻撃を防いだ。

敵ながら流石の判断能力だ。前の学位戦では組み合わせの運もあり、十位内にいなかったが実力で言えば間違いなく彼らに比肩しうるだろう。

俺は攻撃が止んだ隙に地面へと降り立つと一気に距離を詰めようと足に霊力を込めるが、そのタイミングを見計らったかのように再び砲撃が放たれる。

「うぜぇッ！」

仕掛けようとしたタイミングで先制攻撃を喰らい、否応《いやおう》なく俺は再び防御に回らされる。

その事実を苛立たしく思いながら剣を振るって砲撃を捌くが、放たれた砲弾の一つが俺の少し前方で爆発し、視界が爆煙によって遮られた。

――――目眩《めくらま》しかッ！

相手の目的を理解して瞬時に風を放って煙を吹き飛ばすが、そのタイミングを狙ったように晴れた視界から今度は錨《いかり》が俺の眼前へと迫って来ていた。

「ぐッ!?」

咄嗟《とっさ》に剣を盾にして受けるが衝撃に耐え切れずに後方へと弾《はじ》き飛ばされ、そのまま俺は受身を取れずに無様に地面を転がってしまった。

「どうしたローク、いつになく情けない姿をしているが？」

「…………」

ジリ貧だ。

攻撃を浴びながら俺は素直に思った。

精霊師の強みである精霊との連携、二回行動をあっちはしっかりと実践していた。こっちが攻撃をすれば防御と攻撃、逆にこっちが防御をすれば攻撃を二回してくる。

そりゃキツいって。まぁ、契約精霊がいない俺が悪いんだけれど……。

「大人しく精霊を呼んだらどうだ？　そうすればお前にも勝ち目は充分にあるだろう」

「…………」

呼べたら最初から呼んでるわ、クソが。

かと言ってこのまま抵抗していても恐らくは負けるだろう。となれば……いよいよ奥の手の出番ということだろうか。

「呼ばないなら呼ばないで構わないが、それならお前は――」

「……オーフェリア」

オーフェリアの話を遮るように俺は彼女の名前を呼ぶ。

勝ち気な笑みを浮かべるオーフェリアはいつになく饒舌《じょうぜつ》だった。俺を追い込んで興奮してるからか、それとも俺の契約精霊が見られると思っているからか。

別にどちらでも良いが……。

「余裕ぶるには、少し早いぞ？」

「何を――」

訝《いぶか》しげな表情を浮かべるオーフェリアの前で俺は霊力を込めると地面に手を当てて仕込

みを発動させた。

＊＊＊＊＊

「地震？」

三人の中で最初にその揺れに気付いたのはレイアだった。彼女はカタカタと揺れる闘技場に何事だと首を傾《かし》げながら周囲を見回す。見れば学位戦に意識を向けていた周囲も少しずつ強くなっていく揺れに気付いたようで不安そうな表情を浮かべている。

流石《さすが》にこれはおかしい。

「レイアちゃん、この揺れって」

「うん、これは……って燈《あかり》さん？」

「フフッ！　アハハハッ!!」

不安げに呟《つぶや》くメイリーに返事をしようとしたレイアは隣で頬を僅かに赤らめながら笑い声を上げる燈の姿に驚く。

どうやら相当興奮しているようだが、普段のクールな彼女の姿をよく見ているレイアからすれば珍しい光景だった。

「本当に凄《すご》い。これは予想外」

「それってどういう――――ッ!?」

燈の言葉の真意を尋ねようとしたレイアはそこでようやく気付いた。眼下の闘技場、その地面に溜《た》まっている凄《すさ》まじい霊力に。

「……ええッ!?」

視線を向けた先で地面が音を鳴らしながら隆起し、巨大な影がレイアたちや観戦している学生を覆った。

＊＊＊＊＊

「これは……」

突如として地面から這《は》い上がってきたかのように現れた土塊《つちくれ》の巨人を前にしてオーフェリアは唖然《あぜん》とした表情を浮かべる。大型の精霊であるドレッドノートを優に越す背丈、顔面らしき部分の表面には目と口を表している窪《くぼ》みが三つほどあるが、本来の機能を果たしているようにはまるで見えない。

身体《からだ》の節々もよく見れば所々、子供が作った人形のように歪《いびつ》な部分があるが、その部分を基点として凄まじい霊力が血液の如《ごと》く巨人の全身を流れていた。

――――まさか、これがロークの契約精霊なのか？

確かに初見のインパクトは強かったが、それでもこれがロークの契約精霊だとすれば恐れることはない。自身のドレッドノートの敵ではない。

そう判断したオーフェリアはドレッドノートに様子見代わりの砲撃を命じる。

指示を受けたドレッドノートの砲門に霊力が充塡され弾丸が込められる。そのまま眼前の巨人へと照準を合わせると砲撃が放たれる。

計五発に亘《わた》って放たれた砲弾はそのまま狙いを違《たが》わず、巨人の頭部と腹部、それに上腕部に直撃すると派手に音を響かせながらその肉体を破壊した。

「脆《もろ》いな」

特に障壁が張られている訳でも、肉体の強度がある訳でもない。これならばあと数発撃てば巨人を戦闘不能にできると崩れる瓦礫《がれき》を眺めながら判断したオーフェリアは静かに次の砲撃を命じようとして――――固まった。

「……………なに？」

砲撃によって砕け落ちた瓦礫、それがまるで意志を持っているかのように浮かび上がるとそのまま元の破損した部位へと戻って巨人の肉体を修復した。思わず動きを止めたオーフェリアがその光景を眺めていると数分もせずに肉体の修復は終わり、土塊の巨人はまるで何事も無かったかのように復活した。

「これは……」

「驚いてくれたか？」

目を見開いているオーフェリアの頭上から揶揄《からか》うような声が届く。彼女が声の方へと視線を上げれば巨人の肩に乗ったロークがこちらを見下ろしていた。

「これがお前の契約精霊か？」

「まさか」

オーフェリアの質問にロークは違うと首を横に振る。

それならばこの巨人は何だ？　と疑問を抱くオーフェリアはしかし、動き出した巨人を見て思考を切り替える。

「ォォオオッ！」

巨人は歪な腕を大きく振り上げると不気味な唸《うな》り声《ごえ》を闘技場に響かせながらドレッドノートに向けて拳を振り下ろした。

咄嗟にオーフェリアは土の霊術による防御を展開するが膨大な霊力を帯びた巨人の拳は展開された防御を瞬時に突き破り、ドレッドノートの甲板へと直撃する。

振り下ろされた拳はバキリという音を響かせながらドレッドノートの甲板の一部にヒビを入れるが、それでも突き破るには至らなかった。

「ぐッ！」

「流石に硬いな」

ドレッドノートの防御力の高さにロークは舌を巻く。

撃沈させるつもりで放った一撃だったが、流石は高位精霊と言ったところか。この一発で片付けられるほど甘い相手ではないようだ。

「調子に乗るなッ！」

ドレッドノートはロープで自身の身体を殴った巨人の拳を絡め取るとそのまま船体を回して巨人を投げ飛ばす。

「ッ！」

ロークは体勢を崩して地面に転がる巨人から飛び降りて着地するとそのまま自身を睨《にら》み付けるオーフェリアへと視線を向ける。

どこか余裕を感じさせる瞳、それがオーフェリアの精神を逆撫《さかな》でする。

「あの巨人は何だローク⁉」

「何だと思う？」

「ッ‼」

どこか揶揄うようなロークのその言動に苛立《いらだ》ちを覚えたオーフェリアは衝動的にドレッドノートへ攻撃を命令する。

轟音《ごうおん》が鳴り響き、地面に倒れ伏した無防備な巨人をドレッドノートによる砲撃が襲う。

瞬く間に巨人は爆炎に包まれ、その土塊の肉体が破壊されていく。

数分も経《た》てば砲撃をまともに浴びた巨人の身体はボロボロになり、見るも無惨に四散してしまう。

「はぁ、はぁ……」

「…………」

息を切らすオーフェリアはけれども巨人の惨状を見て満足げな笑みを浮かべる。

対するロークは自身が従える巨人の惨状を見ても動揺する様子を見せず、ただ眼前に立つオーフェリアを観察していた。

「あの巨人、どうやら再生能力があるようだがここまで壊せば……流石……に……」

「流石に？」

仮に高位精霊と言えど送還されるだろうダメージを与えたことで、笑みを深めるオーフェリアは……けれども砕けた五体を中心として瓦礫が集まり、再生しようとしている巨人を目にして凍りつく。

「流石に……何だ？」

ロークは尋ねながら静かに剣を構えた。

＊＊＊＊＊

「土精霊と微精霊の集合体、それがあの巨人の正体」

「なるほど、そういうことか。思ったよりも単純な構造だったんだね」

破壊と再生を繰り返す巨人を眺めていたリリーは遂《つい》にその正体を看破する。

何度攻撃を受けてもまるでダメージを受けた様子もなく再生する巨人はその実、土精霊を核として微精霊が土や岩を纏《まと》って集まっているだけの見掛け倒しのものだった。

何度砕けようとも微精霊たちが再び破片を纏い直して土精霊のもとに集まることで再生したかのように見せかける。それが不死身のように見える巨人の正体だった。

「……にしても迫力があるね」

闘技場で二つの大きな影が暴れる。

土塊の巨人が腕を大きく振りかぶり、眼前の巨船の側面に拳をぶつける。重低音が大気に響き渡り、船体が大きく揺れる。けれども船型の精霊、ドレッドノートは一切怯《ひる》むことなくお返しとして砲撃を巨人に浴びせる。

瞬く間に土で形成された巨人の身体は砕けていくが、それでも巨人は怯むことなくボロボロになった腕で殴り掛かる。衝撃によって再び船体が揺れ、砲門の向きがズレて放たれた砲弾があらぬ方向へと飛んでいく。

僅かに空いた砲撃の間隙。その間に砕かれた破片と共に散った微精霊たちは再びその身に土を纏い、核である土精霊のいる巨人のもとへと集まっていく。

「ォォオオッ‼」

巨人の壊れ掛けていた四肢が再び形を成すと体勢を立て直したドレッドノートに向かって巨人が雄叫《おたけ》びを上げながら殴り掛かる。闘技場を広々と使う一体の巨船と精霊の集合体である巨人による戦闘は互いに決め手に欠け、拮抗《きっこう》状態に陥っていた。

「これでオーフェリアは精霊と分断された」

淡々と事実を語るリリーだが、その内心は驚きに満ちていた。

図書館でロークから攻略法を尋ねられた時、意見を述べこそしたが本当に契約精霊を呼ばずにドレッドノートを抑えることができるとは思っていなかった。

「にしてもこんな作戦をよく思い付いたね」

「思い付いたところで普通はできない。そもそもあの巨人を維持するのに相当な霊力を消費している筈《はず》……」

破壊された側《そば》から身体を再生させるほどの霊力供給、一般的な精霊師があれをやろうものなら五分も持たないだろう。あの巨人を維持できるのはロークの持つ桁外れの霊力量と技術による賜物《たまもの》だ。

そもそもあんな巨人を使うくらいならば契約精霊を呼び出して相手をさせた方が断然、燃費がいい筈だ。けれどもロークはあくまで契約精霊を呼ばずに戦うことに拘《こだわ》り、非効率な戦い方を迷わずに実行する。そしてそれが結果的に相手の意表を突く形になり、戦況をひっくり返す。

やはりロークは精霊師の中でも異端と言わざるを得ない。

「となると霊力が空っぽになる前にオーフェリアを倒し切る必要がある訳だ」

「確かに状況はロークに有利になったけど、それでもあの巨人を維持しながらオーフェリアを倒すのはやっぱり難しい……」

一番厄介なドレッドノートこそ抑えているが、それでもオーフェリア自身の強さも他の精霊師たちと比較しても頭一つ抜けている。いくらロークと言えども常に霊力を消耗している中で彼女を倒すのは至難の業の筈だ。

「いや、この勝負はもうロークの勝ちで決まりだよ」

けれどそんなリリーの懸念を払拭するようにガレスはロークの勝利を予言した。

リリーがガレスの顔を覗《のぞ》き見るとロークの勝利を信じて疑わない、絶対に彼が勝つと確信している表情を浮かべていた。

「根拠は？」

「アイツに剣の基礎を教えたのは僕だよ？　確かにオーフェリアも強いけど、それでもロークには遠く及ばない」

ガレスは腰に帯びている魔剣の柄《つか》に手を当てると笑みを浮かべながら呟《つぶや》く。

「残念だけど、ロークの間合いに入った時点で彼女の勝ち目は潰《つい》えたよ」

＊＊＊＊＊

ロークが斬撃を放ち、オーフェリアが躱《かわ》す。ロークが霊術を放ち、オーフェリアが霊術を以《もっ》て防ぐ。ロークが再び斬撃を放つ、オーフェリアが霊術で防ぐ。

戦闘は完全に攻守が入れ替わり、今やロークの怒濤《どとう》の攻勢を前にしてオーフェリアは防戦一方になっていた。

どうにかして距離を取ろうと自身と相手を遮るように隆起させた土の壁に無数の剣閃《けんせん》が走り、跡形も無く砕け散る。宙に散らばる瓦礫と共に剣を振り抜いたロークの姿が視界に現れ、オーフェリアは顔を歪《ゆが》める。

「おのれッ!!」

地面に手を当てるとロークを囲むように地面から槍《やり》を生成。そのままロークに向けて突き放つが、ロークの剣を持つ腕が僅かにブレたかと思うと差し向けた全ての槍の先端が切り取られ、その殺傷能力が喪失した。

それならばとオーフェリアが怒りを滲《にじ》ませながら次の霊術を発動させようとするが、それに先んじてロークが剣を振るい斬撃を飛ばしてくる。

「くッ!?」

咄嗟《とっさ》に横に転がることで斬撃を躱すがその際に僅かに肩を掠《かす》め、鮮血が飛び散る。

この戦闘においての初めての負傷、その白い肌にまだ僅かに切傷が付いたのみではあるが、この瞬間にオーフェリアは自身が窮地に立たされていることを明確に自覚した。

「火月」

視界が赤く点滅する。ふわりとロークの真横に赤く光る微精霊が現れたかと思えば再び振るわれた斬撃が炎を帯びて迫ってくる。

体勢を立て直し切れていないオーフェリアは咄嗟に地面を隆起させて壁とすることで斬撃を受け止めた。

熱波が左右を通り過ぎ、皮膚をチリチリと焦がす。その感覚に僅かに顔を顰《しか》めながら霊術を解除すれば微精霊たちを従えるロークの姿が視界に入った。

「キツそうだな、オーフェリア」

「……………ッ！」

「霊力が底を突き始めたか？」

ロークの質問にオーフェリアは答えない。けれども沈黙は肯定、ロークの言葉が正しいことを言外に証明していた。

考えてみれば当たり前だ。ドレッドノートは他の精霊と比較しても燃費が悪く、ただ現界しているだけで霊力を激しく消耗する。だというのに最初の砲弾の連射、その後もずっ

と砲撃を撃ち続けたのだ。既にドレッドノートと自身の霊力だけでは賄い切れない霊力量を消耗していた。

それを示すようにオーフェリアはそこまで霊術を行使していないというのに息切れをしていた。そもそもあの巨人も最初に、ロークに放った勢いで砲撃を浴びせれば再生する間も無く破壊できる。

それを実行しないのはオーフェリアの霊力の消耗が激しいことに他ならない。

ここに来てようやく明確に優位を取ることに成功したロークは巨人を操ることによる疲労を努めて隠し、平然さを意識しながら膝をつくオーフェリアに剣を突き付けて告げる。

「危なかったが、ここまでだ。大人しく降参しろ」

「────舐《な》めるなァァッ!!　ローク・アレアスッッ!!」

既に勝者だと言わんばかりの口ぶりで告げるロークに対してオーフェリアは湧き上がる怒りを原動力として立ち上がると霊術を発動させた。

「やべっ」

オーフェリアの心を折りにいったつもりが寧《むし》ろ奮起させてしまったらしい。

彼女の周囲に現れた三つの石柱。残った霊力を目一杯に込めたのだろう。どの石柱においても凄《すさ》まじい霊力をその螺旋《らせん》が描かれた先端に帯びており、一撃でもまともに喰《く》らうのは危険だ。致命傷になりかねない。

ならば技を放たれる前に潰す。そう判断して斬撃を放とうとしたロークはそこで思うように腕が動かないことに気付く。

「なッ!?」

何事だと視線を向ければロークの腕に一本のロープが絡まっていた。ロープの先を辿《たど》れば当たり前ながら巨人に殴り掛かられているドレッドノートの姿があった。

この土壇場で攻撃を受けながらも主人に最高の援護を行う契約精霊に思わず羨ましさを覚えながら瞬時に剣を振るってロープを切断するが時既に遅く、オーフェリアは最後の霊術を解き放った。

「貫かれろッ!!」

放たれた三つの石柱。恐らくは彼女の全身全霊、最高速度で向かってくる石柱は今から回避行動をするには遅い。

覚悟を決めて全てを捌《さば》き切るしか無い。

「来いやぁぁああぁッ!!」

自身に活を入れるように雄叫びを上げたロークは剣を構えて石柱を迎え撃つ。

一本目、回転しながら迫ってくる石柱に対して限界まで霊力を込めた剣を下段から振り上げてぶつける。甲高い音を響かせながら火花が散り、軌道をズラすことに成功する。

そこに迫った二本目、踏ん張ると今度は剣を振り下ろして先端を叩《たた》く。剣を伝って凄まじい衝撃が腕に走り、ドレッドノートとの戦闘で酷使された腕は剣を持ち続けることができずに上空へと弾《はじ》かれる。

それでも二本目の石柱も何とか捌くことに成功したがそこに三本目、オーフェリアの放った最後の石柱が迫る。

迷いは無かった。ロークは一秒にも満たない間に覚悟を決めると霊力で最大限に強化した腕を石柱の前へと突き出す。

「ぉぉおおおッ！！！」

ドスッと飛来した石柱が掌を貫通し、手の肉と血を弾き飛ばすがロークはこれに気合いで耐えると掌に刺さった石柱を摑《つか》み取る。

回転する石柱は摑み取って尚《なお》、地獄のような痛みを与えてくるがそれでもロークは手を離すことなく力ずくで無理矢理軌道を逸《そ》らすとそのまま身体《からだ》を回して石柱の勢いを殺す。

「なッ!?」

最後、剣が弾かれた瞬間に勝利を確信したオーフェリアは自らの片腕を犠牲にして攻撃を防ぎ切ったロークに唖然《あぜん》とする。

あの状況、あの一瞬において腕を犠牲にすることで最小限のダメージで攻撃を凌《しの》いだロークの判断能力に驚愕《きょうがく》を通り越して恐怖すら覚えた。

そしてそんなことを思って動きを止めたオーフェリアの大き過ぎる隙を逃す訳も無い

ロークは石柱を力任せに引き抜くと無事な腕で落下してきた剣を掴み取り、オーフェリアとの距離を一気に詰める。

「今度こそ、終わりでいいか？」

「…………ああ、私の負けだ」

剣を眼前に突き付けられたオーフェリアはゆっくりと息を吐くと両手を上げ、ようやく敗北を受け入れた。

その様子を確認した審判が試合の勝敗を告げた直後、観戦していた学生たちによる歓声がドッと闘技場に響き渡った。


ロークの二年生の学位戦の初戦は勝利で幕を閉じた。

＊＊＊＊＊

「ほらね、ロークが勝ったでしょ」

「言う通りだった」

満足げな笑みを浮かべるガレスにリリーは頷《うなず》く。彼の言う通りロークの間合いに入ってからは危険な瞬間こそあったがそれでも終始、彼が優勢だったように思える。

決してオーフェリアが弱い訳では無い。けれど、やはり近接戦においてはロークの方がオーフェリアよりも上手だったのだろう。

「にしてもアイツ、手の治療受けにいかないのか？」

「痛くないのかな？」

「いや、普通に痛いだろう」

眼下ではオーフェリアとロークが何やら会話をしている。表情こそ普段通りに見えるが、掌を貫かれて痛くない筈《はず》は無い。どれだけ霊力で肉体を強化していようと痛み自体は変わらない。自分だったらすぐに保健室に向かうと思うが……。

「ガレス、ロークのところに行こう」

「それもそうだね、行こうか」

リリーの言葉に頷いたガレスはまぁ、いいかと思考を止めると腰を上げて彼女と共に席を後にした。

＊＊＊＊＊

「…………」

学位戦を見終えたレイアは無言でつい先程のロークの戦闘を思い返していた。巨大なゴーレム、それを維持する霊力量、卓越した剣技。

一緒にクレープを食べに行った時から既に何となく察していたが、やはり契約精霊を呼ぶことなく、そして勝利を手にしてしまった。

「ローク先輩凄《すご》いね！」

「ええ、そうね」

メイリーの言葉にレイアは頷く。本当に彼女の言う通り、凄いと思った。

オーフェリア・リングラードは恐らく自分よりも強い精霊師だった。にもかかわらず結局、彼女でもロークの隠された契約精霊を暴くことはできなかった。

『ですが、次に戦う時はローク先輩が契約精霊を呼ばざるを得ない状況まで追い込むつもりですので覚悟していて下さいね』

あの時の発言。あの思いに嘘偽《うそいつわ》りは無い。けれど……けれども………。

「………」

「いいな、早く戦いたいな……」

深刻そうな表情を浮かべるレイアの隣で燈《あかり》はどこまでも楽しそうに笑っていた。

＊＊＊＊

「行きましょうか、セナ」

「はい」

生徒会書記を担当するセナ・ティエドールは観戦席から立ち上がるミーシャに従って闘技場から離れる。

周囲の学生たちは先程の戦いの感想をあれこれと話し合っており、未《いま》だ興奮冷めやらぬといった様子だが対照的にミーシャは普段通りの落ち着いた表情を浮かべながら通路を歩いていた。

「すみません、通して頂けますか？」

「あッ！　ミーシャ様、失礼しました！　すぐに退《ど》きますッ！」

「申し訳ございません!!」

彼女の通行の妨げになっていた生徒たちは慌てて道を譲り、足速に去っていくミーシャの後ろ姿を見送る。

「ミーシャ様、何だか機嫌悪そうだった？」

「アレじゃない？　今回こそ、アレアスの契約精霊が見られると思っていたから苛立《いらだ》ってるとかじゃない？」

「ああ、確かに。俺たちからしたら今回の試合も凄いと思ったけど、既に一回アレアスに勝ってるミーシャ様からすれば契約精霊を呼ばないアレアスには興味無いか」

途中、すれ違った生徒たちのコソコソとミーシャの不機嫌を疑う声が耳に入ってくる。

なるほど、確かにそう勘違いするのも頷ける。

けれど生徒会書記としてミーシャに付き従っていたセナは気付いていた。普段よりも軽い足取り、僅かに高くなっている声音、外に出さないように意識しているのだろうミーシャの胸の内に燻《くすぶ》っている興奮を。

「セナ」

「はい」

闘技場から出たところでミーシャが振り返る。その顔には同性すら魅了してしまう程の美しい笑みが浮かべられていた。

「やはり彼は面白いです。きっと今年の大精霊演武祭は盛り上がりますよ」

脳裏を過《よぎ》るのは彼との学位戦の記憶。こちらの天使の一撃をギリギリで捌き、そして挙句に自身の身体に一撃をいれたローク・アレアスの姿。

今回もあの時と同じように彼の持つ輝きを存分に感じる素晴らしい試合だった。いや、もしかしたら自分の時以上に今日の彼は輝いていたかも知れない。彼の契約精霊を見られなかったのはやはり残念だったが、それでも充分に見る価値のある試合だった。

「楽しみですね」

来る祭典、その時のことを想像してミーシャは心底楽しげに笑った。

＊＊＊＊＊

手が痛い。すごく痛い。

「見事だ、まさか微精霊をあのように活用するとは」

「なに、所詮はちょっとした手品の類だよ」

先程からずっと手に激痛が走っている。もう悲鳴を上げたいレベルで痛い。

「私のドレッドノートを抑えてよく言う。完全に手玉に取られたよ」

「ははは、そうは言っても俺が最初に喰《く》らったあの怒濤《どとう》の砲撃を浴びせればあんな木偶《でく》、一瞬で壊せるよ」

早く保健室に行きたい。一刻も早く痛み止めを……。いや、治療をしなければ。

「なるほど、最初の攻撃も私に霊力を消費させる為《ため》に敢《あ》えて受けたと言う訳か。相変わらず計算高い奴《やつ》だ」

「ははは」

俺は額から脂汗を流しながら空笑いをする。

もう行っていい？　話終わったよね？

「そう言えば最後に聞きたいことが一つあった」

「それは今、話さないとダメか？」

平静を装っている俺が悪いんだろうけど今、俺の掌に穴が開いてるんだぜ。可能なら今すぐに保健室に向かって駆け出したい。

「可能なら今すぐに解消したいが、ダメか？」

「良いよ、なに？」

無理と言えば良いものを、応じた俺は作り笑いを浮かべながら尋ねる。俺って良い奴過ぎだな、全く！

「見たところ巨人に仕込まれていた微精霊は数十体はいた筈だ。あの数の微精霊を見逃す筈がない。いつ地面に仕込んだ？」

「お前の砲撃を浴びていた時だ。あんだけの霊力の砲弾の嵐の中ならバレないように仕込むのは容易だったよ」

はい、答えた。これで良いね？　俺は行くよ、行くからね？

「………なるほど、完敗だ。契約精霊を呼ばず、私を侮っていると思っていたがどうやら真に相手を侮っていたのは私だったようだ」

なんか清々《すがすが》しい笑みを浮かべて勝手に納得している。

流石《さすが》にもう良いだろうと歩き出そうとした俺を止めるようにオーフェリアは手を差し出してきた。何だよ、本当に。

「おめでとう、次こそは負けない」

「……………ふっ」

痛みを堪《こら》える為に息を吐きながらオーフェリアと握手を交わす。とそこでオーフェリアは今更ながら俺の手から血が流れていることに気付いたようだ。おせぇよ。

「引き止めて悪かった。傷付けた私が言うのも何だが、早く治療して貰《もら》った方が良い」

「ああ、そうだな。それじゃ、これで俺は失礼する」

言いながら俺は踵《きびす》を返す。正直、今すぐ走って保健室に行きたいがここまで耐えたのにそれは情けない。

俺はまるで痛みを感じさせない堂々とした歩みで闘技場の出口へと向かう。

頑張れ俺、耐えろ俺。最悪、闘技場から出たらダッシュで走れば良い。だから今は耐えろ、耐えるんだ俺！

「凄いな、アレアス君ッ！　噂《うわさ》には聞いていたが本当に契約精霊を呼ばないんだな!!」

「ハハハ」

あと少しというところで審判役の教員に捕まった。

クソが。

エピローグ

Spirit master who is thought to be hiding his true ability is actually always fighting very seriously

学院都市の外周部にポツンと佇《たたず》んでいる古びた一軒屋。

その中で三人の男が集まって話し合いをしていた。

「ルナの遺跡に送っていた邪霊との簡易契約が切れたですって」

三人の中では最も若い見た目をしている薄茶色の髪の男が頭の後ろで手を組みながら他《ひ》人事《とごと》のように呟《つぶや》く。

「となると、あの高位邪霊を討伐したということか。やるな、一体誰がやったんだホーンテッド？」

「さぁ、俺は知らないですよ。やられたって話を聞いただけですし」

白い仮面を着けた不気味な雰囲気を放つ男からの問いに、若い男ホーンテッドはどうでも良さげに答える。実際、彼にとってどうでも良かった。興味こそ湧かない訳では無いが、相応の実力者ならばあの邪霊を倒すことなど、決して難しい話では無い。

「…………」

仮面の男はそんなホーンテッドの態度に沸々と苛立ちを募らせるが、それを遮るようにもう一人の男、黒い肌をした禿頭《とくとう》の男が一枚の写真を取り出しながら口を開いた。

「ローク・アレアス。ユートレア学院の二年生だ」

「え、学生がやったんですか!?」

ホーンテッドは同僚の発言に驚きの声を漏らす。まさか学生があの邪霊を倒したとは思ってもいなかった。

加えて――――。

「しかもユートレア学院ってこれから俺が行く場所じゃないですか！　どれどれ、写真を見せて下さいよ！」

掌を返すが如《ごと》く興味津々な様子でホーンテッドは同僚が机の上に置いたロークの写真へと視線を向ける。

「へぇ、この少年がねぇ……」

「その少年は学院内の要注意人物でもある」

「と言うと？」

「どうやら今まで契約精霊を呼んで戦ったことが無いらしく、誰も彼の本当の実力を知らないようだ。ミーシャ姫よりも注意した方が良いかも知れない」

「マジですか!?　メッチャ面白いじゃないですか、コイツ!!」

未だ契約精霊を呼んだことが無いという少年が邪霊を倒したというのだ。

こうなると話は変わって来る。ホーンテッドのロークに対する興味関心は頂点にまで届こうとしていた。

「いいですね、なら任務ついでに少し遊んでいこうかな？」

「多少なら目を瞑《つぶ》ってやるが、お前の遊びが原因で任務が失敗するようなことになったら私がお前を殺すからな」

　ワクワクした表情で呟くホーンテッドに仮面の男は釘《くぎ》を刺すように告げる。事実、本当に任務が失敗しようものなら発言通りホーンテッドを殺すだろうことを付き合いの長いホーンテッドはよく分かっていた。

「大丈夫ですよ、そんなヘマしませんって」

　そう呟くとホーンテッドはニヤリと口角を上げながら口を開く。

「その隠している真の実力、俺が暴いてやる」

　学位戦を乗り越えたロークに次なる嵐が迫ろうとしていた。

あとがき

初めまして、作者のアラサムと言います。

この度は本作、『真の実力を隠していると思われてる精霊師、実はいつもめっちゃ本気で戦ってます』を読んで頂きありがとうございます。

この作品はタイトル通り、真の実力を隠して周囲から過小評価を受けている主人公は多いけど逆に実力を隠しているのに過大評価されている主人公はあまり見ないなというしょうもない思い付きから始まりました。

結果、本作の主人公は精霊との契約が当たり前にできる世界で何故《なぜ》か精霊との契約ができない、けれどそれを周りの人々が認知してないからアイツはきっと凄《すご》い精霊を隠しているに違いない！　というような流れで過大評価を受けるキャラとなりました。

タイトルそのままですね。

それでは最後になりますが、本作の刊行に携わった皆様に感謝を。

本作の美しく可愛《かわい》らしいイラストを担当して下さった刀彼方《かたなかなた》さん、担当編集様。

そして何よりも本書を手に取って下さった読者の皆様に最大限の感謝を。こうして自身の作品を刊行できたことを非常に嬉《うれ》しく思います。

また皆様とお会いできる機会があることを願っています。

OVERLAP

真の実力を隠していると思われてる精霊師、実はいつもめっちゃ本気で戦ってます 1

発　　行　2024年3月25日　初版第一刷発行

著　　者　アラサム
発 行 者　永田勝治
発 行 所　株式会社オーバーラップ
〒141-0031　東京都品川区西五反田8-1-5
校正・DTP　株式会社鷗来堂
印刷・製本　大日本印刷株式会社

Printed in Japan　ISBN 978-4-8240-0758-2 C0193

作品のご感想、ファンレターをお待ちしています
あて先：〒141-0031　東京都品川区西五反田8-1-5 五反田光和ビル4階　ライトノベル編集部
「アラサム」先生係／「刀 彼方」先生係

PC、スマホからWEBアンケートに答えてゲット!
★この書籍で使用しているイラストの『無料壁紙』
★さらに図書カード（1000円分）を毎月10名に抽選でプレゼント!

▶https://over-lap.co.jp/824007582
二次元バーコードまたはURLより本書へのアンケートにご協力ください。
オーバーラップ文庫公式HPのトップページからもアクセスいただけます。
※スマートフォンとPCからのアクセスにのみ対応しております。
※サイトへのアクセスや登録時に発生する通信費等はご負担ください。
※中学生以下の方は保護者の方の了承を得てから回答してください。

オーバーラップ文庫公式HP▶https://over-lap.co.jp/lnv/

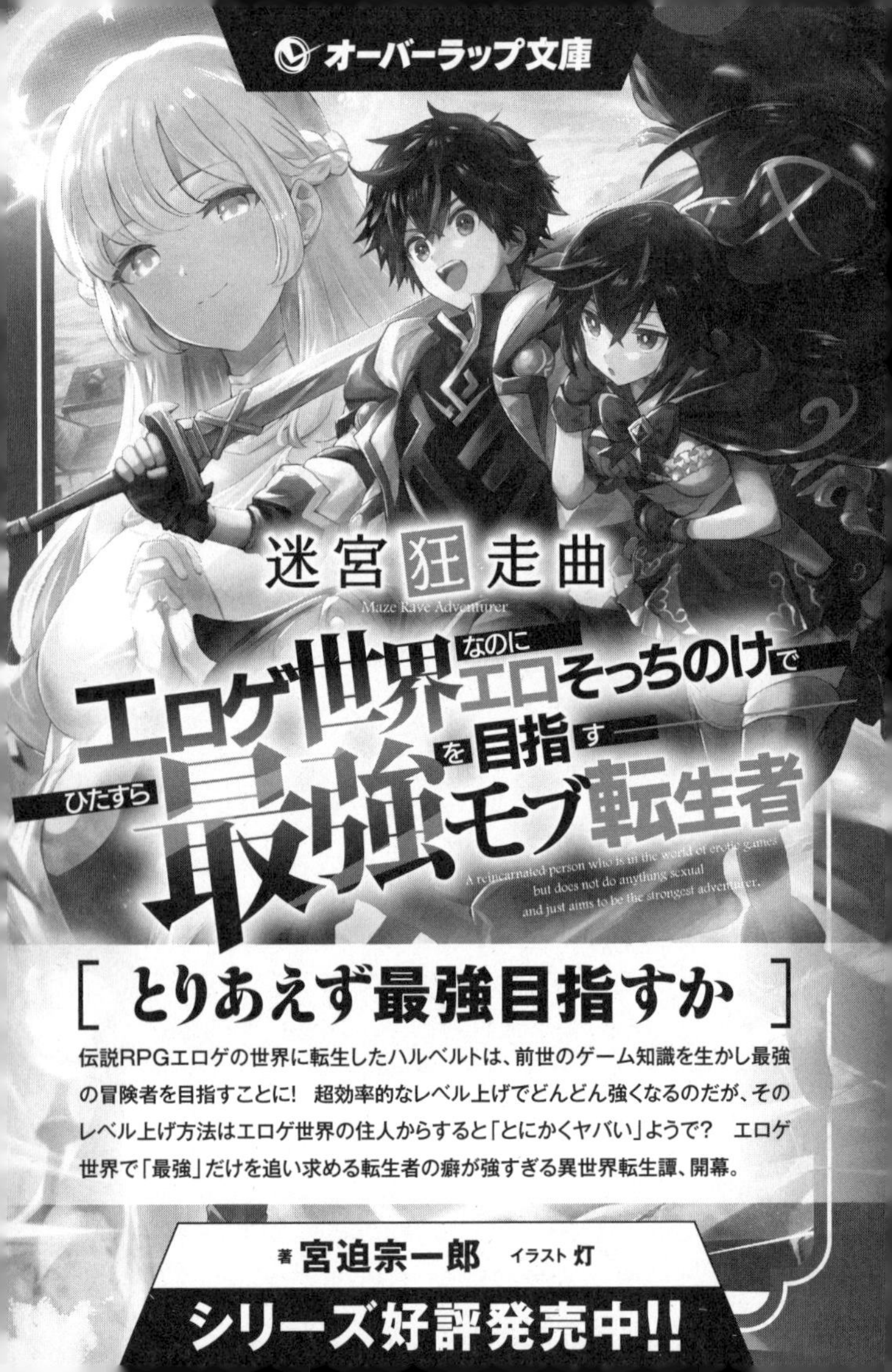
オーバーラップ文庫
迷宮狂走曲
Maze Rave Adventurer
エロゲ世界なのにエロそっちのけでひたすら最強を目指すモブ転生者
A reincarnated person who is in the world of erotic games but does not do anything sexual and just aims to be the strongest adventurer.
［とりあえず最強目指すか］
伝説RPGエロゲの世界に転生したハルベルトは、前世のゲーム知識を生かし最強の冒険者を目指すことに！　超効率的なレベル上げでどんどん強くなるのだが、そのレベル上げ方法はエロゲ世界の住人からすると「とにかくヤバい」ようで？　エロゲ世界で「最強」だけを追い求める転生者の癖が強すぎる異世界転生譚、開幕。
著 宮迫宗一郎　イラスト 灯
シリーズ好評発売中!!